JN324241

Be together
So Sweet, Romantic &
Heart burning being with him

Saikyo Karesh

Contents
目次

ama Loves You!

The Characters
人物紹介

吉《よし》岡《おか》 唯《ゆい》
おとなしくて真面目な高2の女の子。
ある日稜と付き合うことに!?

有《あり》沢《さわ》 稜《りょう》
強くてイケメンでクールなヤンキーくん。もちろんすごくモテる。

山《やま》崎《ざき》芽《め》依《い》
とても美人な唯のクラスメイト。
過去に辛いことがあったみたい!?

葉《は》月《づき》 舜《しゅん》
稜とは小学校からの親友。明るく人なつっこいクラスメイト。

本《ほん》間《ま》 雪《ゆき》
高校の理事長の息子で、生徒会長。
育ちの良さそうな、王子様的存在。

伊《い》波《なみ》 緑《みどり》
保健の先生が入院したため代理で来た教員。超美人でスタイル抜群。

フランシス&サリー
海で出逢った双子の美形兄妹。
唯と稜のことを気に入ってしまい!?

新学期

生まれて初めて出来た彼氏は
喧嘩上等で最強な美男子です

お願いします!!
稜《りょう》くんと同じクラスでありますように!!
今日から高校二年生。
あたし吉岡唯《よしおかゆい》は、祈りながらクラス表を見た。
あたしのクラスは5組。
どうか稜くんも5組でありますように!!
そう思いながら名前の最初の方を見ると
「あった!!」
有沢《ありさわ》稜の名前があった。
良かった!!
去年はクラス別々だったから、正直寂《さび》しかったんだよね。
あたしはホッと胸をなで下ろした。
そんなあたしの頭を、誰かが後ろからポンッと優しく叩《たた》いた。
振り返ると、綺麗な顔の美男子が立っている。
「稜くん!!」
驚いて彼の名前を口にすると、その彼は優しい笑みを向けてくれた。
彼は、有沢稜くん。
強くてカッコいい、あたしの自慢の彼氏です。
稜くんの周りには、いつもヤンキーさん達がいっぱいいる。

それもそのはず。
稜くんもヤンキーさんだから。
それに比べて、あたしは真面目な優等生タイプ。
未《いま》だに友達は０。
本当に、どうして稜くんはあたしなんかを好きになったんだろう？
あたしは首を傾《かし》げて稜くんを見た。
稜くんとは去年のクリスマスから付き合っている。
クリスマスに呼び出されて稜くんに告白されたのだ。
『初めて見た時から好きになったんだ。付き合ってほしい』
そう言われて、凄《すご》く嬉《うれ》しかった。
あたしも初めて稜くんを見た時から好きだったから。
一目《ひとめ》惚《ぼ》れしちゃったんだよね。
ヤンキーさんに一目惚れするなんて身の程知らずだって自分でも思うよ。
あたしは稜くんの顔を見てため息をついた。
「唯、超失礼」
「え⁉　ごめん‼」
そう言って稜くんを見ると、稜くんは小さくため息をついてあたしの頭に手を置いた。
「焦《あせ》ってる唯も超可愛い」
―ドキッ―
そんな綺麗な顔で微笑まないで。
心臓潰《つぶ》れちゃいそう……。
あたしは稜くんの顔を見てられなくてうつむいた。
すると遠くから稜くんを呼ぶ声が聞こえた。
「稜ー‼」
「早く教室行くぞー‼」
明るい女の子と男の子達の声。
あたしとは違う、キラキラしてまぶしい人達。

あたしはうつむいていた顔を上げて稜くんを見た。
「お友達、呼んでるよ？」
あたしが笑顔でそう言うと、いきなり稜くんが不機嫌な顔であたしの両頬を引っ張った。
「作り笑い」
「へ？」
「無理してんじゃねぇよ」
そう言って稜くんがあたしの手を引っ張った。
そのまま歩き出す稜くん。
ワケがわからず引っ張られて行くあたしを、稜くんの友達がポカンとして見ていた。

そのまま引っ張られて教室に着いた。
稜くんが教室に入ると、教室が騒がしくなる。
「ヤバイ!!　有沢くんと同じクラス!?」
「超ラッキーじゃない!?」
稜くんのことを好きな女の子達。
「有沢って喧嘩強いし頭良いし、マジカッコいいよな!!」
「そうそう!!　マジ憧《あこが》れるー!!」
稜くんに憧れる男の子達。
稜くんは凄いな。
あたしなんかと、本当に不釣り合い。
今だって ほら。
『誰、あいつ？』っていう目でみんな見てる。
稜くんの彼女ですって言えたら、どんなに幸せだろう。
稜くんとお似合いになれたら、どんなに幸せだろう。
稜くんみたいに友達がたくさんいたら、どんなに幸せだろう。
ねぇ、稜くん。
あたしは、どうしたら変われるかな？
そう思いながら稜くんを見つめているといきなり、黒板を見ていた稜くんが振り返った。
驚いて目を見開く。
すると稜くんがあたしを近くの椅子に座らせた。
窓際の一番後ろの席。
その隣に稜くんが座った。
稜くんがちょっと首を傾げてこっちを見てる。
稜くんの視線にドキドキする。
何？
どうしたの？
あたしはドキドキしながら稜くんを見つめ返すことしか出来なかった。

しばらく見つめていると、稜くんが口を開いた。
「良かった」
「え？」
「唯の隣が俺で」
「なんで？　他の人じゃダメだったの？」
あたしがそう言うと、稜くんはちょっと怒った顔になった。
「何？　唯は他のヤツと隣が良かったの？」
「え⁉　ううん⁉　稜くんと隣がいい‼」
必死に言うと、稜くんがちょっと噴き出した。
「唯、必死すぎ」
「だっだって‼　稜くんが意地悪なこと言うから……」
あたしが口ごもると、稜くんはフッと笑ってあたしの頭に手を置いた。
「俺、唯の隣に他の男がいるとか、マジ耐えらんねえから。超嫉妬深いよ？　俺。特に、唯のことになると」
稜くんの言葉一つ一つにドキドキする。
ズルイ……。
あたしが稜くんのことめちゃくちゃ好きなの知ってるくせに…

…。
そうやってドキドキさせて、更に好きにさせようとする。
あたしはきっと、一生稜くんから抜け出せないんだろうなぁ。
そう思いながらため息をついた。
しばらくすると、先生が入って来た。

先生の話が終わると、みんな帰り支度《じたく》をし出した。
稜くんの前の席の男の子、稜くんと仲良いのかな？
ずっと話してる。
そう思いながら、何気に視線をあたしの前の席に移した。
そういえば、あたしの前の席の女の子、ずっと寝てたな。
今も寝てるし。
みんな帰り支度してるし、起こしてあげた方がいいのかな？
そう思いながらそーっと前の席を覗《のぞ》くと、綺麗な寝顔があった。
うわっ‼
めちゃくちゃ綺麗な女の子‼
思わず見とれていると、いきなり稜くんの前の席の男の子が立ち上がって手を挙げた。
「ハイハーイ‼　皆さん注目‼
今から５組の皆さんで親睦会《しんぼくかい》しませんかぁー⁉」
親睦会⁉
あたしは驚いて目をパチクリさせた。
クラスの人達はみんな賛成みたい。
稜くんを見ると、親睦会を提案した男の子に肩を抱かれてる。
稜くんは強制参加ですか⁉
そう思いながらあたしは次から次へ出て行くクラスメートと、ずっと寝ている女の子を交互に見た。
どうしよう‼
起こすべき⁉
それとも、みんなについていくべき⁉

悩んでいると、気付けばあたしは寝ている女の子と２人きりになってしまった。
どうしよう……。
やっぱり起こすべきだよね？
あたしは意を決して女の子に近づいた。
起こそうとすると、女の子の目から涙が零《こぼ》れ落ちた。
え……？
泣いてる……？
その涙を見た瞬間、あたしは迷わず女の子を起こした。
「あのっ!!　大丈夫⁉」
「え……？」
あたしの言葉に反応した女の子が目を開けてあたしの顔を見た。
「誰？」
「あたし、吉岡唯!!　あなたの後ろの席なんだけど……。って!!　そんなのどうでもいい!!」
「え？」
「何か泣いてたけど、大丈夫⁉」
あたしがそう言うと、女の子はカバンを持って立ち上がった。
「別に、大丈夫」
そう言って女の子は教室を出て行った。

なんだか、不思議な女の子。
稜くんみたいに人気者なのかと思ってたのに、違う。
一匹狼みたいな女の子。
あたしは首を傾げて、女の子の去った扉を見つめていた。
ていうか……。
あたしも帰らなきゃ!!
あたしは急いで帰り支度を済ませて教室を後にした。
そういえば、あの女の子の名前聞くの忘れてた。
あたしは思いっきり名乗ったのに。

あたしは頭を抱えて歩いた。
まぁ、あの女の子は別にいいか。
大丈夫って言ってたし。
それより稜くん。
あたしのことなんか見ずに親睦会に向かって行ったよね。
別に、いいんだけど…。
やっぱり少し寂しいな。
あたしはため息をついて帰り道を歩いた。

山崎芽依《やまざきめい》

不思議な雰囲気の女の子
人見知りなはずなのに
何故《なぜ》か話しかけられたんだ

朝 玄関を開けると、稜くんが頭を下げていた。
「昨日は本っ当にごめん!!」
あたしは慌《あわ》てて稜くんに駆け寄った。
「大丈夫だよ、稜くん!!　別に怒ってるワケじゃないから!!」
「でも、唯のことほったらかして１人で帰らせるなんて……。
唯が襲われたらどうするつもりだったんだ、俺……」
「そんな頭下げないで!!　あたしだって声かけなかったから悪かったし!!
それに、自分の身は自分で守るから!!　稜くんが気にすることじゃないよ!!」
あたしがそう言って笑顔を向けると、稜くんが真剣な顔であたしの手を掴《つか》んだ。
稜くん？
首を傾《かし》げて稜くんを見ると、稜くんが口を開いた。
「唯のこと、ちゃんと守るから」
「え？」
「どんなに遠く離れてても、必ず助けに行くから」
あまりに真剣に言うから、心臓がドキドキいってる。
どうしよう……。

ちゃんと稜くんの目が見れないよ……。
あたしはうつむいて、稜くんの顔を見ないようにした。
でも、そんなあたしを阻止するように稜くんの手があたしの顔に伸びてきた。
稜くんの手によって顔を上げさせられる。
稜くんの顔が近づいてくる。
ドキドキして心臓が潰《つぶ》れそう。
もう少しでキスしそうっと思った瞬間
「稜ー!!　グンモーニーング!!」
明るい男の子の声が聞こえた。
驚いて思わず稜くんを突き飛ばす。
あたしは稜くんから顔を背けた。
「舜《しゅん》、タイミング悪すぎ」
「はぁ？　何がだよ？」
舜って呼ばれた男の子は、昨日稜くんに話しかけてた稜くんの前の席の男の子だった。
やっぱり仲良いんだ。
あたしはチラッと舜くんを見た。
その瞬間、舜くんと目が合う。
あたしは慌てて下を向いた。
「あれ？　この子って、稜の隣の席の子じゃん。
何？　もしかして稜のファン？」
いきなり顔を覗《のぞ》き込まれて思わず後ずさる。
この人も綺麗な顔してる。
両方の耳には大量のピアス。
それよりも、近い…。
あたしは泣きそうになりながら舜くんを見た。
すると稜くんが舜くんを引き離した。
「近ぇよ。離れろ変態」
「変態⁉　俺は変態じゃねぇよ!!　ちょっと変わってるだ

け!!」
「それを世間一般では変態って言うんだよ」
稜くんと舜くんが言い合いをしてる間に、あたしは全速力で学校まで走った。
びっくりした。
舜くんが来なかったらあたし、稜くんとキスしてた……。
あたしは自分の口を触った。
だんだん赤くなる顔。
どうしよう。
まだドキドキいってる。
あたしは立ち止まって顔を押さえた。
その時
「唯!!」
稜くんの声が聞こえたと思ったら、あたしは後ろから抱きしめられていた。
この香水……。
あたしは回された腕を掴んだ。
「稜くん?」
「ごめん。怖かっただろ?　あんなピアスバリバリのヤンキーが目の前に来て」
稜くんが抱きしめる力を強くした。
あたしは稜くんを振り返った。
「なんか稜くん、謝ってばっかだね」
あたしは小さく笑った。
「大丈夫だよ。全然怖くない。だって、稜くんの友達だもん。
稜くんの友達ってことは、きっと良い人だから。
いきなり目の前に綺麗な顔が出てきたから、ちょっとびっくりしただけだよ。だから、気にしないで」
あたしはそう言って微笑んだ。
稜くんがあたしの顔に手を伸ばす。

あたしは稜くんの顔を首を傾げながら見た。
気が付けば、あたしと稜くんの唇が重なっていた。
稜くんが激しく何度も何度もキスしてくる。
苦しい。
だけど、やめたくない。
もっとキスしたい。
あたしは稜くんの背中に手を回した。
しばらくして、稜くんがキスをやめた。
あたしは真っ白な頭のまま稜くんを見つめた。
「唯、その顔反則」
「え？」
「本当、キスだけで我慢してる俺の気持ち考えたことある？」
「稜くん、我慢してるの？」
あたしがそう言うと、稜くんがあたしに顔を近づけてきた。
「すっげえ我慢してる。
今だって唯がそんな可愛い顔するから、もっと激しいキスしてめちゃくちゃにしてやりてぇ」
その言葉にあたしの顔が赤くなる。
激しいキスって何⁉
もしかして、世に言う『ディープキス』⁉
ていうか、あたし何考えてんの⁉
あたしは頭を一生懸命振った。
「稜くん‼」
「ん？」
「早く学校行かなきゃ遅刻しちゃう‼」
そう言ってあたしは稜くんの体を押して稜くんから離れた。
それから、あたしは猛スピードで学校へ駆け出した。
どうしよう。
ドキドキが止まらない。
キス、久しぶりだったなぁ。

って!!
そんなこと考えるから頭が白くなるんだよ!!
あたしは頭を振りながら学校まで走った。

何とか無事に学校に着いた……。
あたしは椅子に座ってため息をつく。
それから、机に伏せた。
もうダメ……。
もう走りたくない……。
そんなことを思いながら顔を上げると、目の前に朝見た綺麗な顔があった。
「ひぃっ!!!?」
思わず飛び起きる。
なななな何⁉
いつから見てたの、この人⁉
あたしはバクバクいう心臓を押さえながら、舜くんを見た。
「ねえ」
「はっはい⁉」
「君って、稜の何なの？」
「え⁉」
あたしは目をパチクリさせて舜くんを見た。
何なのって……。
彼女です!!
なんて言えるワケないー!!!
内心焦《あせ》りながら、あたしは言葉を探した。
そして出てきた言葉が
「あなたこそ!!」
何言っちゃってるの あたし⁉
舜くんは稜くんの友達だって、見てれば分かるだろ!!
もうヤダ!!

穴があるなら入りたい!!
あたしが黙っていると、舜くんが「うん」と言って笑った。
「それもそっか」
「え？」
「俺が何者か分からないのに、自分のこと言えないよね」
そう言って舜くんがあたしに向かって敬礼した。
「俺は葉月《はづき》舜。稜とは小学校からの親友」
稜くんの親友さんだったんだ。
あたしは何となく舜くんにつられて敬礼した。
「あたしは吉岡唯です。稜くんとは、その、仲良くさせていただいてまして……」
「ノンノン!!　ダメだよ、ゆーちん!!」
「ゆーちん？」
「君のあだ名!!　ていうか、硬すぎでしょ⁉」
「はぁ、硬い……」
「そう!!　いいかい⁉　ゆーちん二等兵!!
ゆーちんと俺は同じ年!!　敬語なんていらない!!　もう友達でしょ⁉」
友達……。
あたしは立ち上がって舜くんに顔を近づけた。
「本当⁉」
「ゆーちん？」
「本当に友達になってくれるの⁉」
あたしの言葉に一瞬キョトンとした舜くんが、いきなり笑い出した。
「あははは!!　ゆーちん必死すぎ!!　ていうか、当たり前じゃん!!　俺、ゆーちんのこと気に入った!!」
あたしは笑い続ける舜くんと一緒に笑った。
その時
—グイッ—

「ふやっ⁉」
あたしは誰かに抱きしめられた。
この安心感……
「稜くん⁉」
「おっ‼　オハヨー、稜‼　稜にしては珍しいな‼　遅刻ギリギリなんて‼」
呑気《のんき》な声を出す舜くんを見て、稜くんがため息をついた。
「お前のせいだろ。てゆーか、さっき挨拶《あいさつ》したし。それより、なに人の彼女と楽しく話してんだよ、舜」
「は？　彼女？」
舜くんが不思議そうな顔をして、稜くんとあたしの顔を交互に見た。
それから舜くんが固まった。
そして、あたしと稜くんを指差して驚きの声をあげた。
「えぇ⁉　ゆーちんが稜の彼女⁉」
あたしは慌てて舜くんの口をふさいだ。
「声が大きいよ‼　舜くん‼」
「だって……」
「みんなにバレたらどうすんの⁉」
「え？　みんなにバレちゃダメなの？」
「ダメだよ‼　あたしなんかと付き合ってるってバレたら、稜くんがバカにされちゃう‼」
あたしが必死でそう言うと、舜くんが怒った顔になった。
そして稜くんに指を突きつけた。
「お前、彼女に何てこと言わしてんの⁉」
「は？」
「バレたらバカにされるって、そんな気持ちでゆーちんと付き合うなよ‼」
舜くんの言葉に稜くんがため息をついた。
「あのな、俺は言いふらしたいの。でも、唯が気にするんだよ」
「ゆーちんが？」
舜くんがあたしを見た。
あたしは一生懸命首を縦に振る。
その瞬間、舜くんが座り込んだ。
あたしは慌てて舜くんに近寄った。
「大丈夫⁉　舜くん‼」
そう言って近寄ると、いきなり舜くんに手を引っ張られた。
気が付けば舜くんの腕の中。
あれ？
あれー？
理解出来ずに固まるあたし。
舜くんはあたしを抱きしめて稜くんを挑発するように鼻で笑った。
「舜……？」
稜くんから怒り混じりの声が聞こえる。
そんな稜くんを見て舜くんが笑い出した。
「稜、マジ焦りすぎ‼　稜の弱点みぃつけた‼」
「舜‼　てんめ……」
「あれー？　いいのかな？　稜くん。そんな態度だと俺、ゆーちんにキスしちゃうかもー」
「舜くん⁉」
あたしは慌てて舜くんを見た。
なんて意地悪そうな笑い方‼
早く離れなきゃ‼
稜くんに嫌われちゃうー!!!
あたしは必死で舜くんから離れようとした。
なんで男の子って、こんな力強いの⁉
あたしは軽く息切れしながら舜くんを見た。
その時、バッチリ舜くんと目が合う。

「ゆーちんの息切れ、マジエロい」
「!!!?」
「舜!!!」
「いや、だってさ、目の前で息切らされたら興奮すんの当たり前っしょ？」
「ふざけんな!!　いいから、いい加減離れろ!!」
そう言って稜くんがあたしと舜くんを引き離した。
そのまま稜くんに後ろから抱きしめられる。
痛い!!
痛いよ 稜くん!!
「そんな威嚇すんなよ、稜。俺はゆーちんと友達として付き合うから。
お前からゆーちん取る気なんてねぇよ」
そう言って舜くんがあたしに笑顔で「なっ」と言った。
「なっ」て言われても……。
「てめえは唯に近づくな。害虫以外の何者でもねぇ」
「それ、酷《ひど》くね？」
稜くんがあたしのこと抱きしめてくれるのは嬉《うれ》しいんだけど……
力が強すぎて死にそう……
あたしは稜くんの腕をバシバシ叩《たた》いた。
ようやく気づいてくれたのか、稜くんがあたしを離した。
痛かった……。
でも嬉しかった……。
そんな複雑な思いを胸に、稜くんの顔を見た。
しばらくすると、先生が入って来た。
あれ？
前の席の女の子、来てない……。
あたしは首を傾《かし》げた。
風邪かな？

「なんだ？　山崎《やまざき》は来てないのか？」
先生が大きなため息をつく。
山崎？
もしかして、あの女の子かな。
そう思いながら窓の外を見ると、あの女の子がいた。
校門の前で、40代後半ぐらいの男の人といる。
お父さんかな？
それにしても、似てない……。

男の人が車に乗って去ると、女の子がうつむいた。
あれ？
震えてる？
よく分からないけど、何か泣いてる気がして
無意識の内に足が動いていた。
「吉岡⁉」
先生の声を無視して、あたしは女の子の所まで走る。
女の子の所に着いて、あたしは女の子の肩を叩いた。
「大丈夫⁉」
「え？」
女の子が涙を流しながら振り向く。
あたしは息を整えながら膝に手をついた。
「あなた、昨日の……」
「そういえば、昨日も泣いてた……。何かあったの？」
そう言うと女の子は目を見開いてそっぽを向いた。
「どうして、そんなこと聞くの？　あなたは友達でも何でもないのに」
「そうだよね。でも、なんだか気になるの。あなたが泣いてる理由」
そう言うと、女の子は制服の袖で涙を拭《ぬぐ》った。
「あなたには関係ない‼」

女の子がいきなり大声を出しても驚かなかった。
なんでだろう。
もうこの子の涙を見たくない。
涙を止めてあげたい。
そう思うのは、あたしがこの子と友達になりたいからなのかな？
「あなたには分からない!!
親に嫌われて、人からも嫌われて、どうすればいいのか分からないあたしの気持ちなんて!!」
「嫌われる？」
あたしがそう言うと、女の子は涙を拭いながら頷《うなず》いた。
「あたし、親に捨てられたの。お前なんかいらないって、家追い出されて……。
今、一人暮らししてるの」
「…………」
「アルバイトの面接に行っても不採用ばかりで、どうすればいいのか分からない。
きっと、あたしを必要とする人なんかいないんだって思った」
「うん……」
「そんな時、一人の男の人が近づいて来たの。
一緒に寝てくれたらお金あげるって」
「え⁉」
「援交なら、あたしを必要としてる人がいる。そう思った。
でも、気づいたの。『こんなことしてるあたしは、最高に汚いんじゃないか』って。
だから泣いてた!!　こんな自分が汚くて嫌いだから!!」
あたしは泣いてる女の子に近づいた。
そして、女の子の涙を指で拭った。
「大丈夫」
「え？」

「大丈夫だよ」
「……どうして？　どうしてあなたが泣くの？」
あたしの頬を涙が伝う。
それでも あたしは女の子の涙を拭った。
泣かないで
そんな気持ちを込めて……。
「あなたは汚くない」
「どうしてそんなこと……!!」
「だって、こんなに綺麗な涙流してるんだもん」
あたしは女の子の顔に手を添えた。
「あなた、あたしが怖くないの？」
「どうして？」
「だって、今まであたしが近づくと女の子達は怖がって逃げていったから……。
それに、援交なんかしてたんだよ？　気持ち悪くない？」
「全然。怖くもないし、気持ち悪くもない」
あたしは女の子に笑いかけた。
「確かに、あたしにはあなたの気持ちは分からない。だけど、あたしはあなたが好きだよ」
「え？」
「だからさ、あたしと友達になってくれないかな？」
手を女の子に差し出す。
「あたし、吉岡唯。あなたは？」
「山崎……芽《め》依《い》……」
女の子がゆっくり握手してきた。
あたしはその手をギュッと握った。
「ねぇ、芽依って呼んでいい？」
「いいよ、唯」
ようやく笑顔になった芽依。
あたしはホッと胸をなで下ろした。

「良かった、ちゃんと友達出来て」
「唯、友達いなかったの？」
「うん。あたし、暗くて地味だから」
そう言って笑うと、芽依があたしの肩を掴《つか》んだ。
「唯は可愛いよ!!」
「え？」
「有沢くんだって、唯のこと可愛いって言ってるでしょ？」
あたしは芽依の言葉に目をパチクリさせた。
「え？　なんで芽依、あたしと稜くんのこと知ってるの？」
「クラス発表の時、有沢くんと唯のこと見たの。
その時の唯の顔、超幸せそうだったから、多分付き合ってるんだろうなって」
「え!?　あたし、そんなに顔に出てた!?」
「もうバッチリ」
「嘘!!」
あたしは顔を両手で覆《おお》った。
そんなあたしを見て芽依が笑った。
「唯、ありがとう」
しばらく笑った後、芽依が真剣な声で言った。
芽依……。
あたしは笑顔を芽依に向けた。
すると、稜くんと舜くんが走って来るのが見えた。
あれ？
稜くんと舜くん。
どうしたんだろう。
首を傾げる。
２人があたしと芽依の前で止まった。
「唯、いきなり教室飛び出すなよ」
「え？　ごめん……」
「聞いてよゆーちん。稜、ゆーちんが教室飛び出して行った時、超焦《あせ》ってたんだよ？」
「え？」
思わず稜くんを見る。
稜くんが焦ってた？
舜くんの言葉に頭が真っ白になる。
どうしよう。
めちゃくちゃ嬉しい。
だんだん赤くなるのが分かる。
ヤバイよ。
ドキドキが止まらない。
あたしは稜くんから視線を芽依に移した。
芽依が首を傾げる。
あたしは芽依の肩を掴んだ。
「……っ!!!」
「感激して言葉も出ないって、有沢くん」
あたしは芽依の言葉に首を縦に振った。
すると稜くんが芽依に近づいた。
「唯の友達？」
「うん。あたし、山崎芽依」
「ザキちゃん、俺は葉月舜だよ!!　ヤバイ!!　ザキちゃん超可愛い!!」
「ごめん、山崎。ウザイけど悪いヤツじゃねぇから」
「大丈夫、分かってる」
芽依が稜くんと舜くんに笑顔を見せてる。
あたしは笑顔で芽依に抱きついた。
良かった。
芽依、2人のこと怖がるんじゃないかって不安だったんだよね。
あたしは芽依にギューッと抱きついた。
「唯？」
「どうやら唯、相当山崎のこと気に入ったみたい。ずっと唯の友達でいてやって」
「もちろん!!　有沢くんも、ずっと唯の彼氏でいてやってよ!!」
「当然」
２人の言葉に赤くなりながらも、あたしは笑顔だった。
「ゆーちん!!　俺にも愛のハグ!!」
舜くんが両手を広げてる。
そんな舜くんの頭を稜くんが叩いた。
そんなこんなでこの度、わたくし吉岡唯に親友と友達が出来ました。

風邪

どうしよう。
頭が痛くて起き上がれない……。
やっと友達が出来て楽しい毎日を送っていたあたしに、
悲劇が訪《おとず》れました。

「38度７分。これじゃあ学校行けないわねぇ。
お母さん、学校に連絡してから仕事行くけど、１人でも大丈夫？」
お母さんが心配そうにあたしの顔を見る。
あたしは咳《せき》をしながら笑顔で頷《うなず》いた。
お母さんが「なるべく早く帰って来るから」と言って仕事に行く。
あたしは咳き込みながら携帯を手に取った。
稜くんにメールを打つ。
『稜くんごめんなさい。今日は熱があって学校には行けません。だから、迎えに来なくていいよ。そのまま学校に行って下さい』
あたしはそう文章を打って携帯を放り投げた。
もうダメ……。
頭が痛くて何も考えたくない。
そう思ってため息をつくと、部屋のドアが勢いよく開いた。
―バンッ―
「唯‼　大丈夫か⁉」

「稜……くん？」
稜くんが汗だくで部屋に飛び込んで来た。
どうして稜くんがここに？
あたしは首を傾《かし》げて稜くんを見た。
すると稜くんが近づいてあたしの手を掴《つか》んだ。
「唯からメールきた時、ちょうど唯の家に着いた時だったんだ。しかもタイミング良く唯のお母さん出てきたし」
それで稜くんが家にいるんだ……。
あたしは稜くんに微笑んだ。
稜くんがあたしのおでこに顔を近づけた。
うえ⁉
稜くん⁉
あたしは思いっきり目をつむった。
すると、おでこに何かがあたった気がした。
目を開けると、稜くんの顔が目の前に。
「稜くん⁉」
「めちゃくちゃ熱いな」
そう言って稜くんが離れた。
どうしよう。
心臓がドキドキして止まらない。
あたしは胸を押さえてうつむいた。
「唯？」
稜くんがあたしの顔を覗《のぞ》き込む。
また‼
近いよ‼
あたしは赤くなる顔をそのままに、稜くんを見つめていた。
稜くんはフッと笑ってあたしの頭に手を置いた。
「なんか食べたいもん、ある？」
「え？」
「コンビニで買ってきてやるよ。なんでも言ってみ？」

「あの……」
あたしは稜くんの顔を見れずに、目を泳がせた。
目の前で優しく笑う稜くん。
格好いい上に優しいんだもんなぁ、稜くんって……。
「何恥ずかしがってんの？　もしかして唯、俺のこと食べたいとか？」
「!!!!?　ゲホッゲホッ!!」
稜くんの突拍子もない言葉に思わずむせる。
いきなり何言って……!!
あたしは大きく深呼吸をした。
「まぁ、唯のこと食べたいのは俺なんだけど」
稜くん!?
稜くんが意地悪く笑ってる。
稜くんの意地悪ー!!
あたしは涙目になりながら稜くんを睨《にら》んだ。
「唯、それ、マジで誘ってる？」
「!?」
あたしは首を左右に大きく振った。
「そんな顔されたら、理性飛びそうなんだけど。ていうか、唯、分かってる？」
「何が？」
首を傾げると、稜くんが近寄ってきて、耳元で話し出した。
「今、俺と唯の２人しかいないんだってこと」
稜くんと２人？
あたしは目をパチクリさせて、思いっきり顔を赤くした。
本当だ!!
こんな密室に２人っきり!!
しかも、家族は誰もいない!!
こんなの、食べてくださいって言ってるようなもんじゃん!!
あたしは顔を両手で覆《おお》った。

「りょっ稜くん!!」
「唯、ちょっと１人で留守番しとけよ？」
「……え？」
あたしは両手を離して顔を上げた。
稜くんが立ち上がって、カバンを持っている。
留守番って……
稜くん、どっか行くのかな？
あたしは首を傾げて稜くんを見た。
稜くんは軽く笑って、部屋を出た。
部屋に、静かな雰囲気が漂う。
時計の音しか聞こえない。
なんだろう。
寂《さび》しい。
そう感じてる自分がいる。

それから何分過ぎただろう。
１分が10分ほどの長さに感じてきた。
すると、急に心細くなってきた。
稜くん。
どこ行っちゃったの？
「稜くん……」
お願いだから、早く帰ってきて。
「稜くん……っ」
寂しいよ 苦しいよ
「稜くん……っ！」
あたしの側から離れないで
「稜くん!!!」
稜くんの名前を叫ぶと、稜くんがあたしの部屋の扉を勢い良く開けた。
あたしの目から涙が零《こぼ》れ落ちた。

「唯？」
少し息切れしてる稜くん。
その手には、コンビニの袋。
コンビニ、行ってたんだ……。
安心したら涙が止まらなくなった。
そんなあたしを、稜くんが優しく抱きしめてくれる。
「稜く……」
「コンビニ行ったら、なんか唯の声が聞こえた気がして」
「え……？」
「わかんねえけど、急に心配になって、急いで帰ってきたら」
「うん……」
「案の定、唯泣きながら俺の名前呼んでるし」
「うっく……えっく……」
「どうした？」
稜くんがあたしの顔を両手で挟《はさ》んで覗き込んできた。
目の前に心配そうな稜くんの顔がある。
どうして、風邪をひくと大胆になれるんだろう。
甘え上手なあたしになれるんだろう。
あたしは稜くんの手を掴んだ。
不思議そうな顔をする稜くん。
あたしはゆっくり口を開いた。
「やだ……」
「ん？」
「離れないで……」
「唯？」
「側にいてよ……稜くん……っ」
そう言うと、稜くんがキスしてきた。
ダメ。
あたし、風邪ひいてるのに。
稜くんにうつっちゃう。

あたしは稜くんの胸を押した。
でも、稜くんは離れるどころかあたしの頭と腰を押さえて更にくっつく。
「んっ!!」
稜くんの舌が入ってきた。
こんな激しいキス、初めて……。
稜くんの唇が離れた。
「はぁ…はぁ……稜く……んっ」
離れたかと思えばまたくっつく。
稜くん。
あたし、怖い。
どんどん稜くんに夢中になってっちゃう。
あたしは稜くんの服を掴んだ。
好き 大好き。
離れたくない……
何分経ったか分からない。
だけど、ずいぶん長い間キスしてた。
唇が離れると、あたしは息切れしながら下を向いた。
「稜……くん？」
「ん？」
「風邪……うつっちゃうよ？」
「うつせば？」
「え……？」
「唯の風邪なら俺、大歓迎」
そう言って至近距離で微笑む稜くん。
ズルい……。
自分の格好良さ知ってるからそんなこと言えるんだ。
あたしは赤い顔のまま、稜くんの顔をチラッと見た。
ズルイよ……。
あたしばっかりドキドキしてるみたい。

いつだって稜くんは余裕なんだ。
そう思っていると稜くんが口を開いた。
「唯」
「え？」
「俺、余裕に見えてる？」
「うん……？」
「そっか」
そう言って稜くんがあたしを押し倒した。
あれ？
なんか、稜くんの雰囲気が変わった。
ドキッと心臓が鳴る。
「余裕なんて、ねぇよ……」
「え？」
「唯といると、余裕なんかなくなる。今だって、唯のことめちゃくちゃにしてやりたい気持ちでいっぱいだし」
「稜くん……」
あたしは不安そうに稜くんを見た。
どうしたの？
余裕じゃないって、どういうこと？
そんな気持ちがグルグル グルグル回ってる。
あたしの顔を見た稜くんが、小さく笑った。
「大丈夫。いくら俺でも、病人襲ったりしねぇよ」
そう言って稜くんがあたしの上からのいた。
そして、ベッドに座ってあたしの頭を撫《な》でた。
「俺、唯のこと超大切だから。だから、唯が『いい』って言ってくれるまで待つから」
そう言って微笑む稜くんの手を、あたしは無意識に掴んでいた。
稜くんが、稜くんを掴んでいるあたしの手を見た。
「もうちょっと……」
「え？」

「もうちょっとだけ、待って……」
「唯？」
「元気になったら、稜くんの好きにしていい」
ほとんど無意識だった。
気づいたら口走ってて……。
でも、不思議と後悔してないの。
なんでだろう。
あたしも、稜くんのことが大切だからなのかな？
あたしは稜くんの目をジッと見た。
「唯」
「え？」
「俺、本気にするよ？」
首を傾げてあたしを見る稜くん。
あたしは小さく頷いた。
「うん、いいよ」
そう言うと、稜くんが少し赤くなった。
「やっばい……」
「え？」
「なんでもない。とりあえず、もう寝ろ」
そう言って稜くんがあたしの頭に手を置いた。
自然と閉じるあたしの目。
安心する。
稜くんが側にいると。
そのまま、あたしは深い眠りにおちていった。

保健医

美人で
スタイルよくて
しかも、めちゃくちゃ性格いい
そんな人が
稜くんの前に現れた……

すっかり完治したあたしは、学校に着いて芽依に笑顔を向けた。
「唯!!　もう大丈夫なの？」
「うん!!　もう走り回っても平気だよ!!」
あたしは軽く走るふりをした。
すると、芽依がいきなりキョロキョロし出した。
「芽依？」
「あのさ、今日は有沢くんと一緒じゃないの？」
「今日、稜くん迎えに来なかったの。待ってても遅刻しそうだったから、先に来たんだ。ちゃんとメールはした」
「珍しいね。別々に登校なんて」
あたしは教室の扉を見た。
もしかしたら、先に学校に来てるかもって思ったんだけど……。
まだ来てないみたい。
舜くんと来るのかな？
そう思ってしばらく扉を見つめていると、舜くんが勢い良く入ってきた。
そして、あたしと芽依のところに笑顔でやってきた。

「おはよー‼　ゆーちん‼　ザキちゃん‼」
「おはよー、葉月くん」
「おはよー。あれ？　舜くん。稜くんと一緒じゃないの？」
舜くんは一人で教室に入ってきた。
稜くんと一緒だと思ったんだけど……。
「稜？　ゆーちんと一緒に来たんじゃないの？」
「ううん。あたし、今日は一人で来た」
「え？　じゃあ、今日は有沢くん休み？」
芽依の言葉に、舜くんと首を傾《かし》げる。
すると
―ガラッ―
教室の扉が開いた音が聞こえたと思ったら
「きゃあぁぁあぁぁ」
女の子達の黄色い声が直ぐに聞こえた。
何事かと思って扉を見ると、稜くんがゆっくりこっちに向かって来ていた。
「稜くん‼」
「唯、今日ごめんな」
「ううん。大丈夫だよ。それより、どうしたの？」
そう言った瞬間、稜くんがよろめいてあたしに寄りかかった。
―ドキッ―
心臓が鳴る。
あれ？
稜くんの体、熱い？
不思議に思ったあたしは、稜くんのオデコに手をあてた。
「稜くん、熱ある……」
「えぇ⁉」
「大丈夫なの⁉　有沢くん‼」
舜くんと芽依が驚いて稜くんに近寄る。
稜くんは苦しそうにあたしから離れた。

「大丈夫……」
「大丈夫って、稜くん……。凄《すご》くつらそうなのに……」
そう言った瞬間
―ガタガタ―
稜くんが崩れ落ちた。
まるでスローモーションを見てるように、あたしには感じた。
舜くんが慌《あわ》てて稜くんを担いだ。
「ゆーちん!!　ザキちゃん!!　俺、とりあえず稜を保健室まで連れて行ってくる!!」
「お願い!!　葉月くん!!」
芽依の声が、遠く感じる。
もしかして、あたしの風邪 うつしちゃった？
罪悪感にかられていると、芽依があたしの肩に手を置いた。
「大丈夫だよ、唯。有沢くんは大丈夫」
大丈夫じゃない。
だって稜くんがあたしを恨むことに変わりはない。
風邪ってつらいのに……
そんなつらいものを あたしはうつしちゃったんだ……。
あたしはうつむいて口を開いた。
「芽依……。どうしよう……」
「唯……」
「あたし、稜くんに風邪うつしちゃった……。嫌われたらどうしよう……」
言ってるうちに涙が出てきた。
心配すぎて、どうすればいいのか分からない。
よろけるぐらいってことは 相当しんどいんだと思う。
あぁ もう。
あたしってバカだ。
あの時すぐ稜くんを帰してれば、こんなことにならなかったはずなのに。

帰すどころか、稜くんを引き止めてた記憶もある。
あたしは頭を抱えてイスに座った。
「とりあえず、ショート（SHR）終わったら保健室行こう？」
芽依の言葉にあたしは素直に頷《うなず》いた。
しばらくすると舜くんも帰ってきて、SHRが始まった。
先生の話も右から左へ流れていく。
頭には稜くんのことしかない。
早くSHRが終わることを願った。
SHRが終わったと同時に保健室に走り出した。
稜くん 稜くん!!
稜くんのことで頭をいっぱいにしながら保健室の扉を開けた。
すると、中には美人の白衣を着た先生がいた。
誰？
いつも保健室にいるおばちゃんじゃない。
保健の先生は50後半のおばちゃんだったはず。
先生を凝視していると、目が合った。
「あら？　あなたも具合悪いの？」
優しく微笑む先生。
あたしは ハッとして疑問を投げかけた。
「あの……、どなたですか？」
「あれ？　昨日の全校集会で自己紹介したんだけど、忘れちゃった？」
「えっと……。あたし昨日休んでたんで……」
「ああ!!　それで!!」
先生はニコッと可愛い笑顔を浮かべて自己紹介をしてくれた。
「初めまして。伊波緑《いなみみどり》です。保健の先生が急きょ入院されたので、代理で来ました。仲良くしてね」
すごく美人で でもどことなく可愛い所もあって、しかも良い人で優しい。
こんな人って、きっと稜くんと一緒で人気者なんだと思う。

あたしはそんなことを思いながら先生を見つめた。
「あなたは？」
「え？」
「お名前、なんて言うの？」
先生にニッコリ笑われると、自然と口が開いちゃう。
あたしはゆっくり自分の名前を口にした。
「吉岡……唯です」
あたしの言葉にニコッと笑って、先生が口を開いた。
「吉岡さん、用件は何？」
そこでようやく気づいた。
あたし、稜くんを心配して保健室に来たんじゃないの？
つくづく自分のバカさに嫌になる。
「あの……、稜くん……じゃないや、有沢くんってどこですか？」
「有沢くん？　有沢くんなら、そのカーテンが引いてあるベッドに寝てるけど……」
先生の言葉を聞いて、あたしはゆっくり稜くんの寝ているベッドに近づいた。
カーテンを開けると、稜くんがつらそうな顔で寝ていた。
「稜くん……」
顔を見るのがつらくて、あたしは稜くんから離れようと背中を向けた。
すると、あたしの手が掴《つか》まれた。
熱い手で、力強く。
ゆっくり振り返ると、稜くんがボンヤリしながらあたしを見ていた。
「唯……」
「稜くん……っ」
驚いて目を見開いていると、稜くんに勢い良く手を引っ張られた。

そのままベッドに引き込まれる。
何がなんだか分からないまま、至近距離にある稜くんの顔を赤い顔で見た。
「やっぱ、唯が側にいると落ち着く……」
「あの……稜くん……っ」
「決めた」
「え……？」
そう言うと稜くんはあたしを抱きしめたまま起き上がった。
「先生、俺早退する」
そう言って、稜くんがあたしの顔に手を伸ばした。
稜くん？
ビックリして、固まる。
稜くんがものすごい至近距離でつぶやいた。
「唯連れて、早退する……」
「えぇ⁉」
突拍子もないつぶやきに思わず驚きの声をあげる。
そりゃ早退した方が稜くんのためになるけど。
まさか一緒に あたしまで？
そりゃ一人で帰すのも不安だけど。
戸惑いながら、あたしは先生を見た。
「吉岡さんって有沢くんの彼女さん？」
突然そう言われて目を丸くする。
あたしは頷いた。
「そう。それなら、大好きな人と一緒に帰りたくなるわね」
「え？」
「風邪をひくと、大好きな人に側にいて欲しいもんなんだよ？有沢くんは、吉岡さんに一緒にいて欲しいのね」
そんなことを笑顔で言うから、あたしの顔はだんだん赤くなった。
稜くんが あたしと一緒にいたい？

そう思ってくれてるだけで、すごく嬉《うれ》しい。
あたしはチラッと稜くんを見た。
「唯……」
「え？」
「カバン取って来る……」
そう言って立ち上がろうとする稜くんを慌てて制した。
「ダメ!!」
「唯？」
「稜くんはジッとしてて!!　あたしが先生に事情説明してカバン取って来るから!!」
あたしは稜くんから離れて保健室を出ようとした。
すると
「吉岡さん」
伊波先生に呼ばれた。
振り返ると先生があたしの側まで歩いてきた。
「何ですか？」
嫌な予感はした。
だけど、あたしは首を縦に振っていた。
保健室の外に出ると、先生がゆっくり口を開いた。
「有沢くんて、素敵ね。彼みたいな子、あたし好きよ」
先生が何を言ったか理解出来なかった。
先生、稜くんを好きって言った？
頭が真っ白になる。
「昨日、男子に絡まれてるあたしを助けてくれたのよ。一目惚《ひとめぼ》れなんてしたことなかったんだけど、ちょっとヤバかったかも？」
嫌だ。
聞きたくない。
「教師が生徒に恋なんてしちゃいけないのにね。有沢くんて、本当にかっこいいんだもの」

やめてください。
そう言いたいのに、声が出ない。
「吉岡さんは有沢くんの彼女さんだから、言っとこうと思ったの」
「どうして……」
「だって、あたしが暴走したら止めてくれそうだから」
先生はあたしの頭がフリーズしてることに気づいたのか、慌てて言葉を付け足した。
「安心して。あたしは吉岡さんから有沢くんを取ろうなんて考えてないわよ。
もしそんなことしたら、校長先生にも理事長にも言っていいから」
先生が嘘ついてる感じはしない。
嫌な人でもない。
どうしたらいいの？
どうしたら……。
あたしは後悔してる先生に笑いかけた。
「先生は、正直な人ですね」
「吉岡さん……」
「普通言わないですよ。そんなこと」
「そう？　そうかもね？」
「大丈夫です。誰にも言いません」
信じてみよう。
この人を。
あたしは笑顔で先生を見た。
すると先生も安心したのか、ニコッと笑ってくれた。
「有沢くんが吉岡さんに惹《ひ》かれた気持ち、分かるな」
「え？」
「ううん、何でも。早くカバン取って来た方がいいわよ。担任の先生にはあたしから説明しとく」

あたしはお辞儀をして教室に走り出した。
教室につくと、一目散に稜くんと自分のカバンを掴んだ。
「あれ？　唯、帰るの？」
「ていうか、稜のカバンも？」
不思議そうな二人に、あたしは慌てて言った。
「あたしと稜くん、早退するの。だから、ごめんね」
そう言って稜くんのいる保健室へ走った。
二人が
「ごめんねって、何がだろう」
「さぁ？」
なんて言ってるなんて知らずに。
保健室に向かう最中
―ドンッ―
男の子とぶつかって、あたしは尻餅をついた。
いった……。
腰をさすって気づいた。
目の前で綺麗な顔をした育ちの良さそうな男の子が同じように腰をさすっている。
あたしは慌てて起き上がって男の子に手を差し出した。
「大丈夫ですか⁉　すいません、ちゃんと見てなかったから……」
「いや、俺も見てなかったから」
そう言ってあたしの手につかまって立ち上がった男の子。
あたしは笑顔を男の子に向けた。
「良かった」
「え？」
「もっと物凄く怒られるのかと思ってましたから、安心しました」
「いや、俺も悪かったし」
「良い人ですね。この学校には良い人がいっぱい」

あたしは笑顔でお辞儀をした。
「ありがとうございました。それでは、あたしは先を急ぎますので」
「ちょっ、君⁉」
男の子の言葉も聞かず、あたしは保健室目指して走った。
これからこの男の子が、あたしにどんな影響をもたらすか知らずに……。

稜くんの家

彼氏の家に入るのって
結構 勇気がいる
だって
いろいろ想像しちゃうから……

フラフラの稜くんを支えながら、なんとか稜くんの家に着いた。
稜くんが鍵を開けると、シンと静まり返った廊下が見える。
「お母さん、いないの？」
「今日は友達とテニスしに行ってる」
稜くんのご両親には何回か会っていて、あたしは何故《なぜ》か気に入られている。
稜くんが玄関に置いてあるメモを手に取った。
稜くんが渋い顔をする。
ちょっと覗《のぞ》き込むと
『お母さんがいないからって、唯ちゃん連れ込んで変なことしちゃダメだからね。唯ちゃんを汚《けが》したら、容赦しないから』
なんか、恐ろしいことが書いてあるんですけど。
見なかったことにしよう。
とりあえず、メモから目を逸らした。
靴を脱いで揃えていると、いきなり稜くんがあたしの手を引っ張る。
どんどん二階に連れて行かれて
稜くんの部屋に入った瞬間、思いっきり抱きしめられた。

その勢いで、あたしは稜くんに抱きしめられたまま床に座り込んだ。
何これ？
何これ⁉
稜くん積極的すぎるよ‼
アワアワしてると、稜くんが至近距離で見つめてきた。
息ができない……。
あたし、今 どんな顔してるんだろう……。
あたしも稜くんを見つめながら顔を赤らめた。
「唯……」
「稜くん……」
あたしまで熱に侵されたようになっていると、稜くんが顔を近づけてきた。
鼻と鼻が触れ合う。
「その顔、反則だって、唯……」
「え？」
「すんげぇキスしたくてたまんねえ……」
「稜くん……」
「でも、キスしたら唯に風邪うつるだろ？　唯のこと、苦しめたくねぇ……」
稜くんの思いに、あたしの胸が締め付けられる。
稜くんに風邪うつしたの、あたしなのに……。
どうして、あたしを大事にしてくれるの？
あたしは泣きそうになりながら無意識に口を開いていた。
「大丈夫」
「唯？」
「その風邪うつしたの、あたしだから。免疫《めんえき》できてるから大丈夫」
何の根拠もないこと。
だけど、そうでも言わなきゃ

稜くんはキスしてくれないでしょう？
あたしは稜くんの目をトロンとして見た。
稜くんの手があたしの頭にまわる。
あと何ミリかで、キスしちゃう。
稜くんが綺麗な目であたしを見ていることにドキドキしながら、稜くんを見据えた。
「あたし、稜くんを楽にしてあげたい」
「唯……」
「だって、稜くんが好きだから。苦しんでる姿、見たくないよ……」
あたしがそう言うと、稜くんの手に力が入った。
そして……
「もう限界……」
稜くんが呟《つぶや》いたと思ったら、あたしの唇は稜くんに奪われていた。
優しいキスなんだけど、どこか違う。
優しさの中に激しさもある。
どうしよう……。
とろけそう……。
激しいキスに酔っていると、稜くんに押し倒された。
びっくりして目を見開く。
でも稜くんはキスをやめない。
それどころか、更にキスが激しくなってる。
どうしよう……
どうしよう……
なんか、大変なことになってるような気がする。
軽いリップ音がすると、稜くんが離れた。
凄《すご》く近くに稜くんの顔がある。
あたしは稜くんを赤い顔で見つめ返した。
「唯……」

「稜…くん……」
「知ってる？　運動して汗かいたら、熱が下がるって」
「運動？」
稜くんが優しくあたしに笑いかける。
そして、稜くんがあたしの耳元に近寄って囁《ささや》いた。
「俺と一緒に運動、したくない？」
「えぇ⁉」
思わず稜くんを凝視する。
なんて意地悪な笑い方。
それがまたカッコイイから、稜くんはズルい。
稜くんの手があたしの手に重なる。
指と指が絡み合う。
まるで逃がさないとでも言うように。
あたしは不安げに稜くんを見つめ返した。
「運動って……？」
「この格好見て、分からない？」
この格好……。
思いっきり押し倒されてる。
あたしの顔が赤くなるのが分かる。
「ダメだよ‼　稜くんは熱があるのに、そんなこと……」
「そんなことって、何？」
稜くんが首を傾《かし》げてあたしを見る。
分かってるくせに!!!
意地悪ー‼
泣きたい気持ちを押し殺して、稜くんを見続けるあたし。
そんなあたしを見て稜くんが噴き出した。
「ふっ……」
「稜くん？」
「焦《あせ》りすぎだって、唯」
「だって……」

「大丈夫。言っただろ？　唯の気持ちが決まるまで待つって」
「稜くん……」
稜くんはニコッと笑うと、あたしの上からどいた。
あたしも起き上がる。
稜くんとあたしの手が絡まったまま、何故か見つめ合っていた。
シンッと静まり返る部屋。
あたしの心臓の音が聞こえちゃうんじゃないかとか思いながら、稜くんを赤い顔で見つめ続けた。
「唯」
「ん……？」
「すんげぇ好き」
「稜くん……」
「だから……」
稜くんがコツンとおでこをくっつける。
あたしはその綺麗な顔を間近で見続けた。
「いつか歯止めが効かなくなりそう……」
稜くん……。
あたしはギュッと目をつぶった。
すると稜くんの唇があたしに触れた。
優しいキス。
赤い顔が更に赤くなる。
しばらくすると、稜くんがゆっくり離れた。
「ヤバ……」
「？」
「唯が可愛い顔すっから、理性ぶっ飛びそう」
「‼」
そう言うと稜くんがあたしを勢い良く抱きしめた。
あたしは稜くんの腕の中で赤くなりながら、うつむいた。
すると……
「稜一？　帰ってるの？」

下から稜くんのお母さんの声が聞こえた。
驚いて体を離そうとするけど、稜くんがそれを許してくれない。
驚いていると、稜くんの部屋の扉が開いた。
「あら、唯ちゃん来てたの⁉　ていうか稜‼　唯ちゃんに何さらしとんじゃあぁぁあぁぁ‼」
「うっせぇな。頭に響く」
「エロ稜‼　唯ちゃんから離れなさい‼」
そう言って、稜くんのお母さんがあたしを稜くんから離した。
「唯ちゃん大丈夫⁉　稜に変なことされてない⁉」
「大丈夫ですよ？」
「良かったわ‼　稜は手が早いからね、心配してたのよ‼」
「今までの奴らには口出ししなかったくせに」
稜くんがだるそうにあたしを後ろから抱きしめた。
今までの奴ら……。
その言葉に、何故かショックを覚える。
なんでだろう……。
稜くんぐらいカッコ良かったら、彼女の一人や二人いてもおかしくない。
なのに、どうしてショックなんだろう。
あたしは回された稜くんの腕をそっと掴《つか》んだ。
「だって、今までの子達はあたし嫌いだもん。見てるだけで腹立つし、気に入られようと必死だし。
それに比べて、唯ちゃんは素で可愛いから罪よね。
ていうか、あんただって今までの子達に本気になったことないじゃん」
「当たり前だろ？　今までの奴らはみんな、俺の顔目当てだったし。『私の彼氏はカッコイイです』って自慢したかっただけだろ」
稜くんの言葉に、ホッとしてる自分がいる。
稜くんが本気になった子なんていないんだ……。

ホッとしたんだけど、何かモヤモヤする。
じゃあ、あたしは？
稜くんは、あたしも本気じゃない？
目を伏せていると、目の前の稜くんのお母さんが立ち上がった。
「まっ、これ以上二人の時間を邪魔すると唯ちゃんに嫌われちゃうし。今日は勘弁してあげる。
ていうか、唯ちゃん巻き込んで学校サボるなんて……。さすが、あたしの子」
「サボった訳じゃねぇよ。熱あってだりぃから早退しただけ。
唯を連れて帰ったのは、俺が側にいたかっただけ」
稜くんの言葉にドキッとする。
赤くなった顔を隠すように、あたしはうつむいた。
「まぁ、唯ちゃんに何もしなかったらいいわ。とりあえず、ご飯の用意でもしよっと」
そう言って稜くんのお母さんが鼻歌を歌いながら部屋を出て行った。
稜くんのお母さんって、相変わらず嵐のような人……。
あたしは閉じられた扉を見て目をパチクリさせた。
すると、稜くんが抱きしめる腕に力を入れた。
耳元に稜くんの熱い吐息がかかる。
ドキドキする……。
稜くんに触れられてるとこ全部が熱をもってるように熱い。
「俺さ……」
「え？」
「来るもの拒《こば》まずだったんだ」
「来るもの拒まず？」
「うん。付き合ってって言われたら、普通にＯＫしてた。
普通にキスもしたし、普通にヤッたりもした。
でも、全部本気じゃなかったんだ」
「稜くん……」

「飽きたらすぐ捨てて、次に乗り換えて……。そんなことして、最低だった。
でもそれが、唯に出会って変わったんだ」
「あたし？」
「うん」
稜くんがあたしを自分の方に向かせて顔を覗き込んできた。
稜くんの綺麗な目が、あたしの目を捉えて離さない。
息が詰まりそう……。
あたしは首に回された稜くんの両手によって、身動きが出来なくなっていた。
「唯、覚えてる？　初めて会話した日のこと」
「うん……」
「あの日さ、『こんな純粋な奴の側にいれたら、どんなに幸せだろう』って思った。
唯の笑顔から、何から何まで、全てが俺を惹《ひ》き付けた。一瞬で唯に惹かれたんだ」
「あたしも…だよ……」
「え？」
あたしは稜くんの目を、ジッと見つめた。
あたしも、一瞬で稜くんに惹かれた。
あの日……

――――――――――――……

確か、あの日はテストが近いから図書室にいて
（ヤバイ！　早く帰らなきゃ、そろそろ校門にヤンキーさん達が集まっちゃう!!）
そんなことを思いながら、筆記用具とノートを片付けてた。
慌《あわ》てて図書室を出ようとすると
―ヴ゛ーッヴ゛ーッ―
携帯のバイブの音が聞こえた。

いつもなら無視するのに、何故かその日は気になって
音のする方に近寄った。
そこには、綺麗な顔で寝ている男の子。
（この人、この前クラスの子達が騒いでた……）
それが稜くんだった。
ふと、稜くんの足元を見ると
プリントみたいな物が落ちていた。
そこには綺麗な字で『有沢稜』と書かれていて、難しい数式を簡単に解いていた。
（うわっ……。すごっ……）
思わず口に手をあてて息を呑《の》んだ。
すると、稜くんが目を開けた。
『あんた、誰？』
怪訝《けげん》そうな顔であたしを見ていたその綺麗な顔に、あたしは思わず絶句して
はっとして、慌てて口を開いた。
『吉岡唯です。えっと……、このプリント落ちてましたよ？』
あたしがプリントを稜くんの前に置くと、稜くんが不思議そうに首を傾げた。
『ねぇ、あんた、俺が怖くないの？』
『え？』
『だって、俺ヤンキーじゃん？　見た目。この前もさ、クラスであんたみたいなおとなしい子に話し掛けたら、怖がられて逃げられたし』
『逃げられたんですか？』
『うん。ちょうど席隣だったから、会話しようとしただけなんだけど』
稜くんの言葉と、何で逃げられたか理解出来ずに首を傾げている姿を見て、思わず噴き出してしまった。
『……？　何？』

『多分その子、驚いたんですよ。いきなり話し掛けられて』
『え？』
『あなたはあたしやその子とは対照的な人だから、まさか話し掛けられるなんて思ってもみなかったんじゃないですか？』
『そっか……』
『だから、怖がって逃げた訳じゃないと思います』
あたしはニッコリ笑って稜くんに言った。
そのあと、稜くんはジッとあたしの顔を見てた。
あたしは首を傾げて稜くんを見た。
『あたしの顔に何か付いてます？』
『いや……。あんた、変わってるなって思って』
『変わってる？』
『うん。俺のこと、怖がってないし』
『怖くなんかないですよ。だって、こんなに面白くていい人なのに』
あたしがニコッとして言うと、稜くんが爽《さわ》やかな優しい笑顔で
『やっぱりあんた、変わってるよ』
そう言った。
その笑顔にドキッとして、それからドキドキが止まらなくて……
一目惚《ひとめぼ》れだと気付いたのは、稜くんと図書室で会話してる最中だった。
――――――――――……

「あたしも稜くんに惹かれて、もう、ドキドキしてたまらないの……」
あたしがそう言うと、稜くんが思いっきりキスしてきた。
息が出来ない。
それでも離してほしくなくて
あたしは稜くんの服を掴んだ。
彼氏の家で、こんなことして……

なんだか いけないことしてる気分。
あたしは稜くんのとろけるようなキスに酔いながら、稜くんに体を預けていた。

生徒会長

顔よし 頭よし 運動神経よし
そんな王子様みたいな人
稜くんだけだと思ってた
まさか もう一人いたなんて
思いもしなかった……

朝 なんか重たいと思って目が覚めると
「唯」
「ん……？」
目の前に 優しく微笑む王子様がいた。
え？
あれ？
あたしは稜くんから顔を逸らして部屋を見渡す。
間違いなく、あたしの部屋。
なのに、なんで⁉
あたしは稜くんに視線を戻した。
「りょっ稜くん⁉」
「ん？」
「なんであたしの部屋に⁉」
「風邪治ったから、唯のこと迎えに来た」
「風邪治ったのは良かったけど、どうしてあたしの部屋にいるの⁉」
「唯のこと迎えに来たら、唯のお母さんが『唯はまだ寝てるから、起こしてあげて』って」
お母さんー⁉
あたしは時計を見た。
「待って、稜くん‼　まだ朝6時だよ⁉　なんで迎えに……」
「少しでも唯と一緒にいたいから。ダメ？」
稜くんの綺麗な目に見つめられると、ダメなんて言えない。
あたしは真っ赤になりながら首を横に振った。
「唯、早く着替えて俺と学校デートしよ？」
「え？　あ……」
「それとも……」
稜くんがあたしの手を掴《つか》んだまま耳元に近づいて囁《ささや》いた。
「このまま、俺に食べて欲しい？」
「⁉」
思わず耳まで真っ赤になる。
そんなあたしを見て稜くんがクスッと笑った。
意地悪ー‼
あたしは稜くんから顔を逸らした。
「あれ？　唯、怒った？」
「だって、稜くん意地悪なんだもん」
「なんていうか……」
稜くんがあたしの頬にチュッとキスをする。
え？
思わず稜くんを見ると、カッコイイ笑顔であたしを見ていた。
「拗《す》ねてる唯も可愛いとか思っちゃう俺って、相当だと思わない？」
―ズッキュン―
なんで そんなカッコイイんですか？
なんで そんな嬉《うれ》しいこと言ってくれるんですか？
あたしはボーッと稜くんを見て、首を思いっきり左右に振った。
ダメダメ‼

稜くんに翻弄されてる場合じゃない!!
あたしは稜くんから逃れようともがきだした。
「学校デートするんだよね!?　着替えるから、待っててくれないかな!?」
「待ってるよ。ずっと」
「いや!!　部屋の外で待っててほしいんだけど……」
「しょうがないなぁ」
そう言って稜くんがあたしの上からどいた。
ホッと息をつく。
すると稜くんが素早くあたしにキスをした。
「稜くん!?」
「やっと風邪治ったんだから、風邪ひいてた分、唯にキスしまくらないと」
「なんでそうなるの!?　ていうか、稜くん早く出てー!!」
あたしは半泣きになりながら稜くんを部屋から追い出した。
扉を閉めると、あたしはその場に座り込んだ。
稜くんといると、心臓がいくつあっても足りないよ。
あたしはドキドキいう胸を押さえてうつむいた。

制服に着替えて下に下りると、稜くんがお母さんとお父さんに絡まれていた。
「ホントに稜くんって男前だわぁ」
「君は唯のことを大切にしてくれてるからね。安心だよ」
「あたし、唯と稜くんが結婚したら、稜くん溺愛《できあい》しそう」
「それはいい。是非ともウチの息子になってくれ」
「何言ってるの!?　お父さん、お母さん!!」
あたしはたまらず、間に割り込んだ。
「あらまぁ、唯ったら真っ赤」
「二人がワケ分からないこと言うからでしょ!?」
「ワケ分からないことじゃないぞ。これは将来のことについて……」
「あたしにはまだ早すぎるよ!!」
稜くんと目が合うとニコッと笑われた。
恥ずかしい……
恥ずかし過ぎる!!
あたしは真っ赤になりながら家を飛び出した。
稜くん絶対呆《あき》れてるよ!!
だいたい、稜くんと結婚なんて……
そりゃまぁ したいけど……
でも、まだ早い話だし!!
あたしは首を思いっきり左右に振った。
そんなあたしの肩を優しく掴む手。
振り向くと、稜くんが息を切らせてあたしを見ていた。
「唯、速すぎ……」
「あっ……。ごめんなさい……」
「ねぇ、唯」
「？」
「逃げ出すぐらい、俺と結婚するの嫌？」
「え？」
あたしは稜くんの言葉に首を傾《かし》げた。
稜くんの顔が、ちょっと悲しそうになってる。
なんか誤解してる？
あたしは勢い良く首を横に振った。
「違う!!　結婚したくなくて逃げ出したワケじゃなくて……。お母さん達が変なこと言うから恥ずかしくて……」
だんだん声が小さくなる。
あたしはたまらずにうつむいた。
すると稜くんがいきなりしゃがみ込んだ。
「稜くん!?」
「……かった……」

「え？」
「良かった……。唯に嫌われてなくて……」
顔が思わず赤くなる。
どうしよう……。
ドキドキして、胸が苦しいよ……。
あたしは稜くんと同じようにしゃがみ込んだ。
「嫌うワケない……」
「え？」
「あたしが稜くんを嫌うことなんて、絶対ありえない」
あたしは真っ赤な顔で稜くんを見つめた。
ずっと目を逸らさずに。
稜くんはジッとあたしを見て、フッと笑った。
「唯ってさ」
「？」
「無意識で嬉しいこと言ってくれちゃうから、罪だよね」
稜くんはそう言ってあたしの頭をワシャワシャ撫《な》で回した。
稜くんだって……
稜くんだってそうだよ。
無意識に嬉しいこと言ってくれるから、あたし 舞い上がっちゃうんだよ？
今だって、こんな風に稜くんと一緒にいれる。
それだけで、あたしの心は簡単に舞い上がる。
稜くんは気付いてないんだ。
あたしが どれだけ稜くんを大好きか。
一通りあたしの頭を撫で回すと、稜くんが立ち上がった。
「学校、行こ？」
差し出された稜くんの手を掴んで、あたしは立ち上がった。
ねぇ、稜くん。
こんな風に、自然と恋人繋《つな》ぎにしてくれる稜くんが大好きだよ。
ずっと 永遠に 一緒にいれたらいいなって

本気で思っちゃう。
いいのかな？
あたしみたいな、なんの取り柄もない普通の子が稜くんみたいな王子様と一緒にいて。
稜くんと歩いてると、いつも感じる。
あたしは 王子様に恋をした 使用人。
身分違いの恋って、こんな感じなんじゃないかなって。
あたしは小さくため息をついて うつむいた。
「唯」
稜くんがあたしを呼んだと思ったら
アゴを持ち上げられて
思いっきりキスされた。
だんだん苦しくなってきて、稜くんの胸をトントンと叩《たた》いた。
離れると、稜くんが近距離であたしの目を見つめた。
「唯のこと、本当は今すぐさらいたい」
―ドクン―
心臓が、うるさい……
「学校に行って、他の野郎に見せたくない」
―ドクン―
「唯をどこかに連れ去って、一生俺だけが見れるように監禁したい」
―ドクン―
「それくらい唯のこと好きだから」
―ドクン―
「だから、何悩んでんのか知らねぇけど、もし俺のことなら心配すんな。
唯が離れたいって言っても、離してやんねぇから」
稜くんがコツンとオデコをくっつけた。
ほらね？
あたしが喜ぶ言葉を稜くんは良く知ってる。

稜くんに見つめられるだけで、魔法にかかったように動けなくなるの。
あたしはコクンと頷《うなず》いて、下を向いた。
稜くんはあたしの頭をポンッとしてから、手を繋ぎ直して歩き出した。
学校に着くと、稜くんが先生に呼び止められた。
「有沢ー。なんだ、今日は早いな」
「何？　俺、唯といちゃつきたいんだけど？」
「その前にコレ」
先生が稜くんに分厚い紙の束を渡す。
「何？　コレ」
「この間、クラス委員を決めるアンケートとったろ？」
あたしが風邪を引く前、クラス委員を決めるアンケートをした。
あたし、アンケート用紙に男子のところ稜くんって書いた記憶がある……。
確か、女子は芽依で……。
思い出していると、先生がため息をついた。
「アンケートの結果、お前以外、全員が男子のところに有沢の名前書いてたんだよ」
「は？」
稜くんが面倒臭そうに顔をしかめた。
「なんで俺なんだよ……」
「人気者も辛《つら》いな」
「うっせぇ。じゃあ、女子は？」
「問題はそこなんだ」
先生が腕組みをして唸り出した。
「女子全員が有沢と一緒に委員をやりたいみたいでな？　自分自身の名前を書いてたんだ。まぁ、全員と言っても、山崎と吉岡以外なんだが……。
山崎は吉岡の名前を書いて、吉岡は山崎の名前を書いてたな。

男子に至っては『どうでもいい』とか『興味ない』とか書いてたし。
とにかく、決まらないんだよ」
先生がため息をついた。
そりゃ、稜くんと委員したい気持ちも分からなくはないけど……。
あたしは先生を憐れみの眼差しで見た。
「そこでだ。吉岡、ちょっと有沢借りていいか？」
「え？　いいですけど……」
「俺はヤダ。なんで朝っぱらから超可愛い唯じゃなくて、むさ苦しいオッサンと一緒にいなきゃいけねんだよ」
稜くんが納得出来ないような顔で先生を見てる。
あたしは慌《あわ》てて稜くんに言った。
「先生も困ってるんだから、手伝ってあげて？　ね？」
あたしが困ったように首を傾げると、稜くんがため息をついて頭を掻いた。
「わかった。唯に頼まれたら断ること出来ねぇし。
唯、教室先行ってろ。おとなしく待ってんだぞ？」
稜くんはあたしの頭を撫でて、先生と一緒に職員室に向かった。
あたしは言われた通り、教室に向かう。
すると……
「やっと見つけた」
「え？」
勢い良く手を引っ張られて、腰を抱かれた。
目の前には、育ちの良さそうな 綺麗な男の子。
「あなた……この間の……」
この間ぶつかった男の子が、あたしの目の前にいる。
あたしは腰を抱かれていることに気付いて、目を泳がせた。
「えっと……離してはもらえないんですか？」
「あっ、ごめん。勢いで」

そう言って男の子があたしの腰から手を離した。
あたしはちょっと恥ずかしくなりながら男の子を見た。
「あの……」
「俺、本間《ほんま》 雪《ゆき》。この学校の理事長の息子で、生徒会長してる」
「理事長の息子……生徒会長……？」
「学年は二年」
「あっ……同じ……」
あたしがそう言うと、本間くんがニコッと微笑んだ。
王子様スマイルって、こういうのを言うんだろうな。
なんて思いながら、あたしは自己紹介した。
「あたしは吉岡唯です」
「敬語じゃなくていいよ。同じ年なんだし」
「でも、本間くん……」
「雪でいい。俺、唯ちゃんのこと、もっと知りたいんだ」
「あたしの？」
「この間ぶつかった時から、なんか唯ちゃんのこと気になってさ。何でもいいから、教えて？」
雪くんが爽《さわ》やかに微笑む。
あたしはコクンと頷いた。
「あのね、雪くん」
「ん？」
「あたしの友達になってくれる？」
そう言うと雪くんの顔から笑顔が消えた。
「それは、俺が生徒会長だから？」
「え？」
「俺が理事長の息子だから？」
雪くんが寂《さび》しそうにあたしを見る。
「ううん。そんなの関係ないよ。ただ純粋に、友達になってほしいの」
「え？」

「恥ずかしい話、あたし友達少なくて……。雪くんが良ければなんだけど……」
あたしがそう言うと雪くんがクスッと笑った。
「やっぱり、思った通り」
「雪くん？」
「唯ちゃんは俺のこと、肩書きなんか気にせず接してくれる」
雪くんが嬉しそうに笑った。
そっか。
雪くんみたいにかっこよくて、生徒会長＆理事長の息子だったら、それを利用しようとする子がいてもおかしくないんだ。
それって、なんか悲しいな……。
あたしは雪くんの笑顔を見て、そう思った。
「唯？」
稜くんの声が聞こえて思わず振り返る。
稜くんの顔に、少し怒りが見えた。
真っ直ぐ雪くんを見る稜くん。
あたしは稜くんに近寄った。
「先生と話ついたの？」
「まぁ……。それより、なんで唯がジュニアといんの？」
「ジュニア？」
あたしは稜くんから雪くんに視線を移した。
もしかして、ジュニアって雪くんのこと？
「そんな言い方、ダメだよ」
「唯？」
「確かに雪くんは理事長の息子だよ。だけど雪くんは理事長の息子じゃなくて、ありのままの雪くんを見てほしいんだよ。だから、そんな呼び方したら可哀相」
「唯ちゃん……」
雪くんが目を細めて、顔を少し赤らめてあたしを見た。
稜くんは少し目を見開いて、それから雪くんに向き直った。

「そうだよな。唯の言う通り。悪ぃ、本間」
「有沢くん。なんで俺の名前……」
「そりゃまぁ、本間は有名だし？　ていうか生徒会長だし。知らねぇ方がおかしくね？
ていうか、本間こそ俺の名前知ってんじゃん」
「そりゃ、有沢くんは人気者だしね。知らない方がおかしいよ」
雪くんと稜くんは顔を見合わせて笑い合った。
「まっ。本間が有名なのは、それだけじゃないっつーか？
お前、成績優秀、運動神経抜群、オマケにその顔だろ？
王子様って呼ばれてんの知らない？」
稜くんの言葉に雪くんと二人、目を丸くする。
雪くん、王子様って呼ばれてたんだ。
そりゃ、こんだけキラキラしてるんだもん。
王子様って言われても、何ら不思議ではない。
「別に、俺は王子様なんかじゃない」
雪くんが辛そうに顔を伏せた。
そんな雪くんに胸が痛んだ。
みんなが雪くんを王子様って呼ぶのは、雪くんがお金持ちで全てがパーフェクトだからだと思う。
でも、それって雪くんを苦しめてるだけなんじゃないかな。
あたしは雪くんの顔を両手で掴《つか》んで上げさせた。
「唯ちゃん？」
「あたしも、雪くんは王子様だと思う」
「唯ちゃんまで……」
「違うの。お金持ちだからとか、全てがパーフェクトだからとか、そんなんじゃない。
雪くんの優しい笑顔を見てそう思ったの」
そう言うと雪くんが目を見開いた。
そして、あたしに向かって手を伸ばした瞬間

「生徒会長!!　ようやく見つけましたよ!!　こんなところにいたんですか⁉」
廊下の端から女の子が猛スピードで走って来た。
そして雪くんの手を掴んで雪くんを引きずって行く。
あたしと稜くんは二人を唖然《あぜん》として見ていた。
「早く戻って仕事して下さい!!　新入生歓迎企画の締め切り、明日ですよ⁉
それが終わらなきゃ、あたしは剛志《つよし》と……剛志と……っ!!」
「分かってるよ。日野《ひの》さん」
「全然分かってません!!　会長のせいで仕事おしまくって、いつも剛志とデート出来ないの知ってます⁉」
「それはいつも悪いと思ってるよ……」
雪くんと日野さんと言われた女の子の姿が消えていく。
なんか、あの女の子凄《すご》かったなぁ。
あたしが呆然《ぼうぜん》としていると、稜くんがあたしを抱き寄せた。
「うわぁ!!　ビックリしたぁ!!」
稜くんが真剣な顔であたしを見ている。
どうしたの？
そうやって聞きたいのに、声が出ない。
心臓がドキドキして、稜くんをジッと見つめる。
「唯は、俺のこと好きだよな？」
「え？」
稜くんの顔は冗談を言ってるように見えない。
真剣に聞いてるんだ。
でも、どうして？
「もちろん、好きだよ？」
「それならいい」
そう言って稜くんがあたしを苦しいぐらい抱きしめた。
変な稜くん。
その時、あたしは首を傾げることしかできなかった。

これからの稜くんとの生活が、だんだん変わっていくなんて知らずに……。

クラス委員

稜くんは いつだってキラキラで
そんな稜くんの側にいれることが嬉《うれ》しくて
なんだか悲しいの
あたしより もっと稜くんに相応しい人がいるんじゃないか
お似合いの人がいるんじゃないか
そんな言葉ばっかり、頭に回るんだ

誰もいない教室で稜くんと話していると、凄《すご》い勢いで扉が開いた。
ビックリして扉を見ると、何故《なぜ》かやつれている舜くんがいた。
「舜？」
「舜くん⁉」
慌《あわ》てて舜くんに駆け寄る。
すると舜くんがあたしの両腕を掴《つか》んだ。
—ガシィ—
「ひぃ⁉」
「ゆーちん……」
「だっ大丈夫⁉　舜くん‼」
「俺、一体何したと思う？」
「え？」
「ちょっと話してただけじゃん。なんだよ。『女はお前の都合のいいように生きてないんだよ』って」
「待って、舜くん。話が全然掴めない」

あたしが困って舜くんに言うと、舜くんがあたしの腰に抱きついた。
「ゆーちん!!」
「きゃあ!?」
あたしが悲鳴をあげると同時に稜くんが舜くんをあたしから引き離した。
そのまま稜くんに抱きしめられるあたし。
「お前、女にフラれたからってウジウジすんなよ。そして唯に抱きつくな」
「え!?　舜くんフラれたの!?」
「稜の意地悪ー!!　ちょっとぐらい、ゆーちんの優しさに触れさせてくれてもいいじゃん!!」
「彼女の腰に変な虫がついてたら、とりあえず駆除だろ」
「俺は虫かよ!!!」
舜くんはため息をついたあと、立ち上がった。
「やっと本気になれそうだったのに、なんか別の女の子と話してたら、いきなり『最低』って言われて、顔バッチーンだよ」
「遊びで付き合うからだ、バーカ」
「稜だって、ゆーちんと出会う前は遊び人だったじゃんよ!!」
「俺は改心したんだよ。唯に出会って、恋の何たるかを学んだんだ」
稜くんの言葉に思わずキュンとする。
ヤバイ。
ドキドキして心臓の音ばれそう……。
あたしは稜くんの腕を掴んでうつむいた。
「いいなぁ……。俺もゆーちんみたいな天使に巡り会いたい……」
「天使なんてお前の前に現れるか、バーカ」
「バカバカ言うな!!　俺の前にだって現れる!!」
「夢……？」

「夢だけど、いつか現実にしてみせる‼」
舜くんはそう宣言してあたしと稜くんを不思議そうに見た。
「そういえば、二人とも今日は早くない？　何してたの？」
思わず心臓が飛び跳《は》ねる。
何してたって……
イチャイチャしてました なんて言えません‼
あたしは首を左右に思いっきり振った。
「何してんの？　ゆーちん」
「察しろよ。だからお前はフラれたんだよ」
「もう言うな‼　素敵な天使が舞い降りる‼」
稜くんはあたしを離して、椅子に座らせた。
すると舜くんが何かひらめいたような顔で、あたしと稜くんを指差した。
「もしかして、イチャイチャタイム⁉」
「そのイチャイチャタイムをお前がぶち壊したんだよ」
「うわぁ。マジ？　ごめんなぁ、ゆーちん」
舜くんが両手を合わせて謝ってくる。
あたしは左右に首を振った。
「大丈夫‼　舜くんが来なかったら、きっとあたし暴走してたから‼」
「暴走？」
あたしは思いっきり頷《うなず》いた。
「ゆーちんの暴走とか、マジで見たいかも」
「え？」
そう言うと、舜くんがあたしの腰を抱いて、あたしのアゴを持ち上げた。
「ねぇ、ドキドキする？　ゆーちん」
「え⁉」
なんか舜くん、色気倍増なんですけど‼
ていうか、どういう状況⁉

頭がパニックになっていると、稜くんがあたしから舜くんを引きはがした。
「おい、舜。お前は俺にケンカ売ってんのか？」
「まっさかー。ただゆーちんが暴走したとこ見たいだけ。それにしても、ゆーちん柔らかかったぁ」
「おい、変態。表出ろ」
「あはは。冗談、冗談」
めちゃくちゃ怒ってる稜くんと笑い飛ばす舜くん。
あたしは二人をドキドキしながら見ていた。
三人（主に稜くんと舜くん）でワイワイしていると、クラスメートが続々と登校してきた。
ギャルの女の子数人が稜くんと舜くんの側にやって来る。
「有沢くんと葉月くん。今日、ヒマ〜？」
「は？　ていうか、お前だ……んぐっ⁉」
「うんうん、ヒマ〜」
稜くんの口を押さえた舜くんは、稜くんの睨《にら》みを無視して首を縦に振った。
稜くんと舜くんが小声で話し合っている。
「お前、『お前誰？』って言われたら、この子達傷つくだろうが」
「は？　別に、知ったこっちゃない」
「ゆーちん以外はどうでもいいのかよ。鬼だな、お前は」
「そうやって、女にいいカッコばっかするから本気の恋が出来ねんだよ」
「俺はみんなの葉月くんだからいいんだよ」
そう言って舜くんが女の子達にニコッと微笑んだ。
女の子達が顔をちょっと赤らめる。
「あのさ、もし良かったら一緒にバイトしない？」
「バイト？」
「小さいカフェなんだけど、そこの店長がバイトで男の子を欲しがってて。
もし良かったらバイトしないかなぁって」
女の子の言葉に舜くんがニヤッと笑った。
この人なんか考えてる？
あたしは冷や汗を流しながら舜くんを見た。
舜くんがあたしを見て、ニコッと笑った。
もしかして、舜くん……
あたしが口を開こうとした瞬間、舜くんが女の子達に頷いた。
「いいよ。稜と一緒にバイトしたげる〜」
「は⁉」
舜くんの言葉に驚く稜くん。
舜くんの手を退けて舜くんを凄い剣幕で見ている。
あたしは、ただ呆然《ぼうぜん》とするしかできなかった。
「ありがとう‼　じゃあ、今日の放課後、一緒に行こう‼」
女の子達はキャッキャ言いながら遠ざかって行った。
「バイトって、何勝手に決めてんだよ‼」
稜くんが舜くんに詰め寄る。
舜くんはケロッとしたまま口を開いた。
「どーせ今バイトしてないなら、やったげてもいいじゃん」
「俺は唯のいないとこでバイトする気はない‼」
「あのねぇ、稜。女の子はプレゼントとかサプライズが大好きなんだよ。
稜がバイトして金作れば、ゆーちんにプレゼント出来ちゃうよ？
ゆーちんを愛してるなら、バイトして金作るぐらいしなきゃ」
「お前な‼」
「まっ、バイトＯＫしたのは稜に対する嫌がらせ？　稜ってば、ゆーちんLoveすぎて俺にゆーちん貸してくれないし」
「誰がお前みたいな変態に唯貸すか‼　ていうか、たとえお前じゃなくても、唯は貸さない‼」

稜くんの言葉に目をキラキラさせて、舜くんがあたしを肘でつついた。
「キャーッ。稜ってば男前。愛されてるよ、ゆーちん」
舜くんの言葉も右から左へ流れる。
あたしは頭を抱えて机に伏せた。
やられた……。
舜くんがニヤッと笑った時に止めとけば良かった……。
これから稜くんと一緒にいれる時間が少なくなる。
あたしは深いため息をついた。
「だーいじょうぶ!!　稜ならゆーちんに会うために、絶対手段を選ばないから!!」
舜くんがニコッと笑って、あたしの肩に手を置いた。
あたしは舜くんを見た。
「ゆーちんが『会いたい』って言えば、たとえ早朝だろうが真夜中だろうが稜はゆーちんに会いに行くよ」
「舜くん……」
あたしは舜くんの励ましにニコッと微笑んだ。
すると、稜くんがあたしの顔を両手で挟《はさ》んだ。
「稜くん？」
「舜の言ってること、冗談じゃないから」
「え？」
「唯が会いたいなら、俺はバイト中だろうが寝てようが何してようが、真っ先に唯に会いに行くから」
稜くんがコツンとオデコをくっつける。
「唯、大好きだよ」
そう言って稜くんの顔が近づいてきた瞬間、目の前に手が伸びてきた。
「はい、そこまで～。俺いるの忘れてね？　お二人さん」
「ちっ。邪魔ばっかしやがって」
「舌打ち⁉　ちょっとゆーちん、聞きました⁉　舌打ちしましたよ、この子⁉」
舜くんが稜くんを指差してあたしに詰め寄る。
あたしは困りながら笑うしかできなかった。
すると、芽依が登校してきた。
「おはよう。朝からテンション高いよね、葉月くんって」
「ザキちゃん。地味に毒吐くのやめてくんない？」
芽依は舜くんを鼻で笑って、稜くんを見た。
「そういえば、有沢くんと葉月くん、バイトするの？」
「なんで？」
「さっきすれ違った女の子達が騒いでたから。『有沢くんと葉月くんと一緒にバイトするの〜』って。ハートめっちゃ飛ばしながら」
「それなんだけど、そこのバカが勝手に話進めて、俺巻き添え」
稜くんが舜くんを指差してため息をついた。
芽依は舜くんを見て「あー」っと言った。
「有沢くんって、可哀相だよね。友達は選んだ方がいいよ」
「ちょっと‼　ザキちゃん⁉」
「選びたかったけど、コイツが勝手に近寄ってきたから」
「稜⁉」
「そりゃあ逃げれないよね。葉月くんに目をつけられたら、絶対無理。ハンターだよね」
「一体何の⁉」
三人のやり取りを聞いていると、先生が教室に入ってきた。
「はいはーい。ＨＲ始めるぞー」
そう言った先生と目が合う。
すると、ニヤッと笑われた。
え？
なんか怪しい笑い したような……。
あたしは首を傾《かし》げた。
「クラス委員についてなんだが、男子は有沢で決定にする」

先生の言葉にクラス中から歓声が沸き上がった。
稜くんが隣でため息をつく。
「女子なんだが、今朝有沢に決めてもらったんだ」
女子が一斉に息を呑《の》んだ。
朝、稜くんが呼ばれたのって クラス委員についてだったんだ。
そんなことをボーッとしながら考えていると、先生があたしを指差した。
「吉岡」
「え？」
「有沢がお前をご指名なんだ。吉岡じゃなきゃ委員やらないとか言い出すから」
「あたしですか⁉」
クラスの女子が一斉にあたしを振り返る。
あぁ 鋭い視線があちらこちらから……。
あたしは目の前で手を思いっきり振った。
「無理です‼　あたしがクラス委員なんて、りょ……有沢くんに迷惑がかかります‼」
「頼む、吉岡。そう言わずやってくれ」
先生が手を合わせてお願いしてくる。
あたしは一瞬 うっ となった。
確かに稜くんと一緒に委員できたら幸せだろうけど
あたしに全校生徒を敵に回す勇気はない。
あたしは半泣きになりながら稜くんを見た。
すると稜くんがあたしをジーッと見たまま口を開いた。
「唯がやらないなら、俺もやらない」
「え⁉」
稜くんの言葉にクラス中が騒然となる。
あたしは慌てて稜くんに言った。
「ダメだよ！　有沢くんにはみんなの期待があるんだから‼」
あたしの言葉に稜くんがちょっと怒った顔になった。

「その『有沢くん』ってやめろよ。唯にそう言われると、ショック」
「でも……」
稜くんが有無を言わさず、あたしの顔を両手で挟んだ。
その瞬間の女子の悲鳴はハンパなかった。
「あっあの!!」
「唯が可愛く『稜くん』って言ったら離したげる」
「え⁉」
あたしは真っ直ぐ見つめてくる稜くんから目を逸らして芽依を見た。
芽依がため息をつく。
「唯。観念して、いつも通り有沢くんの名前呼んだら？」
「でも……」
「大丈夫だから。何かあったら、あたしも有沢くんも助けるから」
芽依が綺麗に微笑む。
その横で舜くんも「俺もゆーちん助けるよ!!」とか言っていた。
助けるって言ったって……。
あたしは芽依から稜くんに目を移した。
「ほら、唯。いつもみたいに可愛く言ってみな？」
稜くんの綺麗な顔を見てると、心臓がドキドキして止まらない。
あたしは目を潤ませながら、小さく稜くんの名前を呼んだ。
「稜……くん…」
「……聞こえない」
意地悪に微笑んでいる稜くんに、今度は少し大きめに名前を言った。
「稜くん……」
そう言った瞬間、稜くんにガバッと抱きしめられた。
クラス中が叫び出す。
あたしは驚いて固まった。

あれ？
なんで稜くんは抱きしめてるの？
だんだん赤くなる顔。
あたしは目を泳がせた。
「やっべ……」
「稜くん？」
「そんな顔で言うのナシだろ」
「え？」
「ここが教室じゃなくて、誰もいない場所だったら、間違いなく唯のこと襲ってた」
稜くんが耳元で話す。
あたしはドキドキしながら目をつぶった。
そんなあたしと稜くんを引き離すように芽依が割って入ってきた。
「有沢くん。ここ、教室。ラブラブすんのは帰ってからね」
そう言って芽依が先生を振り返った。
「先生、有沢くんと唯でクラス委員決定でいいじゃん」
「ちょっと芽依⁉」
「有沢くんも、これでクラス委員文句言わずにやるでしょ？」
芽依の言葉に稜くんが頷いた。
芽依が手をパンパンと叩《たた》く。
「はい、これで決まり。先生、良かったね」
決まりって……。
あたし、稜くんとクラス委員やるの⁉
あたしは芽依の制服を掴《つか》んだ。
「ダメだよ‼　あたしなんかじゃ、稜くんに迷惑かける‼」
「あのねぇ、唯。ものは考えようだよ？　これから有沢くんを独占出来ちゃうんだよ？
『クラス委員のことで……』とかなんとか言ってれば誰も文句言えないんだから。

それとも唯は、有沢くんが他の女の子と一緒にいて我慢できるの？　嫌じゃないの？」
あたしは首を横に振った。
「嫌に決まってる!!」
そう言って後悔した。
そんなワガママ、稜くんにとっては迷惑なのに。
稜くんはみんなの稜くんだから、あたしだけが独占しちゃダメだって分かってるのに。
あたしはうつむいた。
すると、稜くんがあたしのアゴを持ち上げた。
「禁止」
「え？」
「あんまり可愛いこと言うの、禁止」
「可愛いことって……」
「あのなぁ、そんなことあんまり他の男がいる前で言うな。ほら。そこで唯の言葉聞いた変態（舜）が悶《もだ》えてるだろ？
だいたい、こんな大勢がいる前で言われたら、俺何にも出来ねえじゃん」
何にもって、何するつもりなんですか⁉
あたしの顔が真っ赤になった。
そんなあたしを芽依が抱きしめる。
「有沢くん。あたしの可愛い唯をいじめるの、やめて下さーい」
「いじめてない。本心だし」
その言葉に、あたしの顔は更に赤くなる。
「ほら。有沢くんが無意識にそういうこと言うから、唯の心臓がバクバクするんじゃん」
「俺だって、唯の言葉で死にかけたことある」
「唯は可愛いから仕方ないの」
二人の言葉に赤くなったまま、あたしはうつむいた。

そんなこんなで、ＨＲは終わり、あたしは先生に呼ばれた。
先生の前に行くと、一枚の紙を渡された。
「なんですか？」
「夏休み前に、オリエンテーションキャンプをするんだ。その段取りは、クラス委員の役目だから」
先生はあたしの肩をポンと叩いて教室を出た。
段取りって……。
あたしはクラスメートに囲まれて笑っている稜くんをチラッと見た。
多分稜くんはクラスやら学校のことやらで引っ張りダコだと思うし……。
あたしが頑張るしかないか。
あたしはため息をついて紙に目線を落とした。

カフェ

稜くん達のバイト先は
あたしが好きで、嫌いな人の
家だったんだ……

放課後になって、何故《なぜ》かあたしの横で稜くんが頭を下げていた。
あたしは慌《あわ》てて稜くんの顔をあげさせる。
「どうしたの⁉　ていうか、顔あげて下さい‼」
「だって今日、唯のこと一人で帰らすワケだし。めちゃくちゃ寂《さび》しい思いさせんじゃん」
胸がキュンとなる。
あたしは稜くんの顔を両手であげた。
「大丈夫だよ。確かにちょっと寂しいけど、家に帰る分だけ稜くんと離れる時間が長くなっただけだと思えばなんともない」
そう言ってニコッと微笑んだ。
稜くんはあたしの両手を掴《つか》んで申し訳なさそうな顔をした。
「ごめんな？」
「ううん。大丈夫」
稜くんはあたしの頭をポンと叩《たた》いてから舜くん達のところへ行った。
稜くんに手を振っていると、芽依が横でため息をついた。
「『寂しいよ、行かないで』って言えば良かったのに」
「ダメ。そんなこと言ったら稜くんが困るじゃん」
「唯は我慢しすぎなんだよ。有沢くんなら迷わず唯をとるから、ちょっとぐらい無理言ってもいいんじゃない？」
「ダメなの。あたしは稜くんを困らせたいワケじゃないんだから」
あたしは芽依に笑いかけて立ち上がった。
「ほら、芽依も帰ろ？」
「唯は優しすぎ。自分傷つけたって、いいことないんだから」
芽依はそう言って立ち上がった。
芽依の言う通り。
自分傷つけても、何にもない。
稜くんを困らせたくないからってイロイロ我慢して
端から見れば、バカだよ。
ただの自己満足。
あたしは小さくため息をついた。
すると、先生が前から歩いてきた。
「吉岡ー。良かった。まだいた」
「どうしたんですか？」
「これ、キャンプでする内容のプリント。それから、班決めどうするか考えといてくれ」
先生が手をヒラヒラさせて歩いていく。
あたしは「はい」と言って先生に頭を下げた。
芽依と一緒に歩き出す。
芽依がプリントを覗《のぞ》き込んできた。
「そういえば、もうすぐオリエンテーションキャンプだね」
「うん。楽しみだね」
「唯はいい子だね。あたしは楽しみなんて思えない」
「なんで？」
「だって、山だよ？　川と山しかないなんて、終わってる。コンビニとかないんだよ？」
「コンビニって……」
あたしは困りながら笑った。

「唯はこのまま直帰？」
「そうだなー。特に用事ないし、帰ろっかな？」
「何も用事ないなら、葉月くん達のバイト、見に行かない？」
芽依が悪戯っ子のように笑う。
稜くん達のバイト……。
見たいかも。
あたしは頷《うなず》いて、芽依と稜くん達のバイト先へ向かった。
稜くん達のバイト先まで歩いていると、物凄《ものすご》い行列を見つけた。
その先には、可愛らしいカフェ。
あたしと芽依は立ち止まって、行列を見た。
「もしかして、ここだったりする？」
「あたしが知る限りでは」
芽依が背伸びして中を見る。
そして頷いた。
「間違いない。ここだよ。有沢くんも葉月くんも見えるし」
あたしは頭を抱えて電柱に手をついた。
稜くんが人気あるのは知ってた。
知ってたけども。
まさか、他校の人にも人気あったなんて……。
あたしはチラッと行列を見た。
「どうする？　唯。並びたい？」
無理!!
絶対無理!!
今日中に帰れる自信ない!!
あたしは首を左右に思いっきり振った。
「だよね。この女の子の山がなくならないことには、どうにも出来ないよね」
芽依がため息をついた。
「ていうか、葉月くんノリノリなんだけど。女の子にニコニコしてる。

それに対して有沢くんは……」
芽依の言葉がつまる。
不思議に思って、あたしも背伸びして中の様子を見た。
うわっ。
稜くん、カッコイイ……。
執事さんみたい……。
何故かあたしの心臓がドキッと鳴った。
芽依は横で呆《あき》れ顔。
「有沢くん、ニコッともしないね。クールにテキパキと仕事こなしてる。それが女の子に受けてるけど」
そんなこと言われると、近くで見たくなる。
あたしは稜くんから目が離せずにいた。
「有沢くん、接客業向いてるのか向いてないのか分からないよね」
「稜くんは接客業向いてるよ」
「それは唯が有沢くんのこと好きだから思うんでしょ？」
芽依の言葉につまる。
確かに、そうかも。
それにしても、稜くんカッコイイなぁ。
あんなカッコイイ人が彼氏なんて、自分でも信じられない。
ため息をつくと、後ろから肩を叩かれた。
驚いて振り返ると、そこには可愛らしい笑顔があった。
「伊波先生⁉」
「やっぱり吉岡さんだ」
伊波先生はあたしを笑顔で見ている。
芽依が伊波先生にペコッと頭を下げた。
「吉岡さんのお友達？」
「はい。親友なんです」
あたしがそう言うと、芽依が綺麗に微笑んだ。
「綺麗な子だね。どうして二人ともこんな所にいるの？」

先生の言葉で我に返る。
あたしはため息をついた。
「それが、稜くんがこのカフェでバイトしていて、入りたいんですけど入れないんです」
そう言うと先生が目を見開いた。
「このカフェ、あたしの両親の家なんだけど……」
「え⁉」
「今あたし、一緒に暮らしてるんだけど……。こんなにお客さんが来てるなんて……」
先生が唖然《あぜん》とカフェを見ている。
そして、ニコッと笑った。
「吉岡さん。一緒に中に入ろっか」
「え⁉　いいんですか⁉」
「あたしの部屋だけど、我慢してね」
先生はそう言ってあたしと芽依の手を引いて裏から入った。
「ただいま」
「あら、緑。お帰りなさい。カッコイイ男の子が二人バイトに来たの。そしたら、こんなにお客さんが」
「そう。良かったね」
伊波先生のお母さんはあたしと芽依を見て目を丸くした。
「あら？　可愛らしい女の子が二人」
「あたしの学校の生徒。部屋にいるから、そのカッコイイ男の子達にも休憩さしたげてね」
そう言って先生があたしと芽依を２階に案内した。
部屋に入ると、先生が「ちょっと待っててね」と言って１階に下りた。
しばらくすると、部屋の扉が勢い良く開いた。
ビックリして扉を見ると、稜くんが息を少し切らせて立っていた。
「唯‼」

「稜くん？」
名前を呼んだ瞬間、あたしは稜くんに抱きしめられていた。
驚きすぎて声も出ない。
あたしが固まっていると稜くんがあたしにもたれ掛かるように抱きついてきた。
「やっぱり落ち着く……」
「え？」
「意味わかんねー女にベタベタ触られるとか、マジで拷問だわ」
そう言って稜くんがオデコをくっつけてきた。
至近距離に稜くんの綺麗な整った顔。
あたしの心臓が一気に騒がしくなる。
「やっぱり唯から離れたくない。ていうか、離したくない」
「稜くん……」
「ヤバい。好きすぎて止まらない」
そう言うが早いか、稜くんにキスされた。
息が出来ない。
苦しい……。
だけど、離れたくない。
稜くん、大好き。
あたしは稜くんの首に腕を回した。
稜くんが離れると、あたしの目を見て稜くんがため息をついた。
「だから」
「？」
「なんで周りに人がいる時に限って、そんな可愛い顔するワケ？」
「え？」
「我慢する俺の気持ち分かる？」
そう言って稜くんの顔がまた近づいてきた瞬間、扉が勢い良く開いた。

「稜ばっかりズルイ‼　ゆーちんとラブラブすんな‼」
「舜くん⁉」
舜くんが入ってきた瞬間、稜くんが舜くんを呆れ顔で睨《にら》んだ。
「てめぇ、タイミング悪いんだよ」
「うるさい‼　稜がいないから女の子からブーイングの嵐なんだよ‼
それ処理する俺の気持ち分かる⁉」
「んなもん知るか。お前が勝手にバイトするとかほざくから、そうなったんじゃねぇの？」
「とにかく‼　早く来てなんとかしろ‼」
そう言って舜くんが稜くんを引っ張って行く。
あたしは呆然《ぼうぜん》と二人を見送った。
そしてしばらくして先生が入ってきた。
「あれ？　有沢くん、戻っちゃった？　お茶持ってきたんだけど……」
「葉月くんが有沢くんを拉致《らち》して行きました」
「やっぱり有沢くん抜いたら女の子が文句言うか……」
先生はあたしに「ごめんね」と言ってシュンとした。
「大丈夫です‼　稜くんにちょっとでも会えて嬉《うれ》しかったんで‼　ありがとうございます‼」
あたしは先生に頭を下げた。
「このままお邪魔するのも悪いんで、あたし達帰ります」
「あら、お茶だけでも飲んでいけばいいのに……」
「唯も満足してるんで、これで失礼します」
芽依がそう言ってあたしの手を引いて部屋を出た。
下に降りてあたしと芽依は店を出た。
不思議に思いながら芽依を見る。
なんか、芽依不機嫌？
あたしは首を傾《かし》げた。
「芽依？　どうしたの？」

「あたし、あの人嫌い」
「え？」
芽依が店の入口を振り返った。
あの人？
あたしも一緒に振り返ると、伊波先生が稜くんと楽しそうに話していた。
「有沢くんを唯から奪おうとしてるみたいで、大嫌い」
稜くんを、あたしから奪う……。
あたしの心臓がドクンと鳴る。
楽しそうな二人から目が離せない。
大丈夫だよね？
だって伊波先生、あたしに言ったもん。
あたしから奪うつもりないって。
でも、なんでかな？
たとえ伊波先生に奪う気がなくても、稜くんが伊波先生を好きになる可能性は０じゃない。
だから、不安なの？
あたしといる時より思いっきり笑ってる稜くんを見て、不安になってるの？
あたしは胸を押さえてうつむいた。
「帰ろ、唯」
芽依の言葉に我に返る。
あたしは頷いて、カフェを後にした。

買い物

みんなの前に立って何かを話すのが得意な人を尊敬する。
あたしは苦手だから。
今だって、足がガクガクしてる。

ガヤガヤした教室。
あたしは先生に促されて、黒板の前に立っている。
何故《なぜ》あたしが立っているかと言うと……
オリエンテーションキャンプの班決めをするためだ。
あたしは勇気を出して声を出した。
「えっと、オリエンテーションキャンプの班についてなんですけど……」
あたしの話を無視するクラスメート。
すき放題に友達と話してる。
どうしよう。
あたしは先生を見た。
なのに先生は椅子に座ってウトウト。
ていうか、なんであたしだけが前に立ってんの？
稜くんもクラス委員だよね？
先生、あたしだけを指名して
イジメですか？
あたしはため息をついた。
稜くんは舜くんと話してるし、芽依はノートに『聞けって怒鳴れ』とか書いて見せてくるし。

怒鳴れるワケないだろ。
意を決して、もう一度声を少し大きくして言った。
「あの!!　聞いて下さ……」
「きゃはは!!　マジ⁉」
「あたし昨日、有沢くんと葉月くんのバイト先行ったの〜」
「そしたら、あのハゲ!!　俺のこと追いかけ回してきて……」
全然聞いてくれないよ……。
あたしはその場にしゃがんだ。
もともと、あたしは目立つ存在じゃないし。
こんな仕事向いてないんだ。
聞いてくれなくて当たり前。
あたしがもっとハッキリと言えたら、みんな聞いてくれてたかもしれない。
そう考えると、涙が浮かんできた。
どうしよう。
泣く程のことじゃないのに。
涙がこぼれる。
あたしは両手で口を覆《おお》ってうつむいた。
きっと、みんなには教卓の陰で見えない。
どうせなら涙止まるまでこうしてよう。
そう思って静かに泣いていると、ガタッという音が聞こえた。
誰か走ってくる。
急いで涙を拭《ぬぐ》っていると、肩を叩《たた》かれた。
反射的に振り返ると、芽依が心配そうにあたしを見ていた。
「唯、大丈夫？」
「芽依……」
「あたしがみんなに黙るように言おうか？」
あたしは首を左右に振った。
ダメ。
芽依に甘えちゃいけない。

あたしは芽依にニコッと笑った。
「みんなも酷《ひど》いよね。唯が話してるのに、聞こうともしないなんて。これが有沢くんなら絶対聞いてる。
先生も寝てるし、無責任だよ」
「ありがとう、芽依。もうちょっと涙おさまったらもう一度頑張ってみる」
「もういいよ。唯も席戻ろ？　どうせ聞きやしないんだから」
芽依の言葉に涙を拭いながら笑っていると、教卓に近づいてくる足音が聞こえた。
その足音が聞こえた途端、教室が静まり返る。
え？
なんで静かになったの？
不思議に思っていると、横に誰かがしゃがんだ。
驚いて見ると、稜くんと舜くんが目を見開いていた。
「稜くん？」
「なんで唯、泣いてんの？」
稜くんの言葉にブチッときたのか、芽依が怒りで震えた声を出した。
「あんたらが唯の話聞かないからこうなったんだよ……」
「あれ？　なんかザキちゃんからシュコーって音が聞こえるんだけど？」
「葉月くん」
「え？」
「あなたが有沢くん独占するからー!!」
「わあぁぁあぁぁ!?　ザキちゃん、待った待った!!」
芽依が舜くんの制服を掴《つか》んで舜くんを揺らした。
あたしは慌《あわ》てて二人を止めようとした。
「葉月くんがあんな大声で話してなきゃ、有沢くんは可愛い唯の言葉に必ず耳を傾けてた!!
ていうか、絶対唯の側に行ってたでしょ!!

なのに、あんたが大声でしょーもないことベラベラと話してるから有沢くんは気づかずにいたんじゃないの⁉」
「ねぇザキちゃん‼　稜ばっかヒイキしすぎだって‼」
「当たり前じゃん‼　有沢くんは唯の大事な人なんだから‼」
「俺だってゆーちんの友達なんですけどー‼」
あたしは二人のやり取りをアワアワしながら見ていた。
すると、稜くんに顔を掴まれて稜くんの方を向かされた。
稜くんが優しくあたしの頬を撫《な》でる。
どうしよう……。
ドキドキしすぎて、声が出ない……。
あたしはボーッとしながら稜くんを見つめた。
「ごめんな、唯。話聞かなくて……」
「ううん‼　稜くんが悪いんじゃないよ‼」
「でも、無視されたみたいで辛《つら》かっただろ？」
「それはそうだけど……。元はと言えば、あたしが暗くて地味だから悪いんだし」
「え？」
「稜くんみたいに人を惹き付ける人気者だったら、みんなあたしの言葉聞いてくれてたかもしれないのに……。
あたしがこんなんだから、みんなやる気なくすんだよね」
あたしはもう一度稜くんに「ごめんね」と言った。
「あたし、もう一度頑張る‼　早く稜くんに似合う女の子になりたいから‼」
そう言って笑うと、稜くんが素早くキスをした。
あたしは口を押さえて目を見開いた。
「唯は、俺にはもったいないぐらいだから。だから、無理して変わらなくていい」
「でも、稜くんはあたしといて恥ずかしいでしょ？」
「なんでそう思うわけ？」
「だってあたし、全然稜くんと釣り合ってない……」

そう言ってうつむくと、稜くんがあたしの顔を持ち上げた。
「釣り合ってるとか、釣り合ってないとかじゃない」
稜くん、ちょっと怒ってる。
あたしは間近で稜くんの目をジッと見た。
「俺は唯といて恥ずかしいとか思ったことない。むしろ、ずっと一緒にいたい。一瞬だって離れたくない。
俺は、そのままの唯を好きになったんだよ。だから変わる必要ない」
そう言って稜くんは教卓で見えないのをいいことに、またあたしにキスをした。
唇が離れると至近距離で微笑まれる。
どうしよう。
心臓の音が聞こえそう。
しばらく見つめ合った後、稜くんがあたしの手を掴んで立ち上がった。
「なぁ、みんな。唯の話が終わるまで、黙ってられるよな？」
稜くんはそう言ってみんなを有無を言わせない笑顔で見た。
みんなが素直に頷《うなず》く。
やっぱり稜くんって凄《すご》い。
目を輝かせて稜くんを見ていると、稜くんがあたしにニコッと笑った。
そうだ。
あたしはちゃんとあたしの仕事を全うしなくちゃ。
あたしはクラスメートを見渡して声を出した。
「あの、オリエンテーションキャンプの班決めについてなんですけど、それぞれ男子二人女子二人の四人の班を作って下さい」
そう言うとみんな「はーい」と返事をして動き出した。
良かった。
だんだん班が出来てる。

あたしはホッとして笑顔でうつむいた。
そんなあたしの顔を稜くんが覗《のぞ》き込む。
「そんな嬉《うれ》しそうな顔して、これだから唯から離れられないんだよな」
「稜くん!!」
あたしが後ずさると、稜くんがあたしの腰に手を回した。
うわっ。
稜くんが近い。
だんだん顔が赤くなる。
そんなあたしを面白がるように稜くんが顔を近づけてきた。
うわわわ!!
稜くん!!
驚きすぎて声が出ない。
「俺らはもう班決まってるもんな、唯」
「へ⁉」
「俺と唯と舜と山崎で決まりだろ？」
決まり……。
そう言ってもらえると、なんか嬉しい……。
あたしはコクンと頷いた。
「そーいやさ、オリエンテーションキャンプって何するんだ？」
「んー、先生から貰った紙には川遊びとか近くを散策とか自炊とかテント張りとか、普通のキャンプと変わりないこと書いてあったけど……」
そう言うと稜くんが怪訝《けげん》そうにあたしを見た。
「なんで唯だけ内容知ってんの？」
「クラス委員だからじゃないかな？」
「俺もじゃん」
「稜くんには別の仕事があるとか？」
「だからって、全部唯に押し付けるとか……」
稜くんはウトウトしてる先生を見た。

なんか、稜くんから殺気が……。
あたしは慌てて稜くんに言った。
「稜くんはきっと段取りとかじゃなくて、みんなの盛り上げ役とかじゃないかな？」
「なぁ、唯」
「え？」
「盛り上げ役とかじゃなくて、俺は唯と一緒にやりたいの。唯一人頑張るとか、耐えらんない」
そう言う稜くんの顔は真剣で、あたしは思わず見とれてしまった。
我に返って、あたしは稜くんにニコッと笑った。
「じゃあ、一緒に頑張ろうよ」
「やっぱり唯、可愛すぎ」
稜くんはニコッと笑うと、後ろでまだ戦っている芽依と舜くんを振り返った。
「なぁ山崎。舜、白目剥いてるからその辺で勘弁してやって」
稜くんの言葉に渋々芽依が舜くんを離す。
そしてそのままあたしを見た。
「ねぇ唯。帰りに買い物行こう」
「買い物？」
「うん。オリエンテーションキャンプに必要な物買いに」
芽依の笑顔に、あたしは思いっきり頷いた。
友達と放課後に買い物!!
あたしの憧れ《あこが》!!
あたしは芽依の手を掴んでブンブン振った。
「痛いぐらい喜んでくれて嬉しいけど、やっぱり痛い」
そんな芽依の言葉も耳に入らず、芽依の手を振り続けた。

放課後。
あたしと芽依はショッピングセンターをウロウロしている。

「私服でいいって言われると、嬉しいけど困るよね」
芽依が超セクシーな服を手に取って唸った。
あたしはそんな芽依を見てうなだれた。
「いいよなぁ、芽依は。美人だしスタイルいいし、何着ても似合うから。
それに比べて、あたしはチビで幼児体型だし。芽依の私服を稜くんが見たら、芽依に惚《ほ》れちゃいそう」
「そんなことないって。唯は可愛いよ。ていうか、有沢くんが唯から離れる？　ありえない」
芽依が首を振る。
あたしは芽依の持ってる服を自分にあててみた。
うん。
やっぱり似合わない。
あたしはため息をついた。
「大丈夫だよ、唯。愛があれば体型なんか気にならないから。幼児体型でも有沢くんはゲンナリしない」
「え？」
「とりあえず、有沢くんの前で脱げばわかる」
「脱ぐ⁉」
あたしは首を思いっきり左右に振った。
それを見て芽依がため息をつく。
「有沢くんも我慢してるんだな」
「べっ別に稜くんとしたくないワケじゃないよ⁉　その……そういうの……。でも、緊張するっていうか……」
あたしは赤くなってうつむいた。
芽依が更に深いため息をつく。
やっぱりダメなのかな？
付き合ってたらエッチするのは当たり前なのかな？
我慢ばっかさせてたら飽きられちゃうかな？
あたしは首を左右に振った。

そろそろ覚悟決めなきゃ。
顔をパンパンと叩いて深呼吸する。
「愛があれば、なんだって出来る!!」
「そうだよ唯。有沢くんは狼だから、あんまり我慢させると襲われるよ」
「だっ大丈夫!!」
あたしは気合いを入れるように頷いた。
芽依が店の時計を見る。
「もうこんな時間。そろそろ帰ろっか」
「うん。いっぱい買い物したね」
あたしと芽依は笑いながら歩く。
すると、芽依の肩を誰かが掴んだ。
振り向くと、40代後半ぐらいのおじさんがいた。
あれ？
この人、どっかで見た気が……。
頭を悩ませていると、おじさんが話し出した。
「ようやく見つけたよ、芽依」
「気安く名前呼ばないで。ていうか、触らないで」
本当に嫌そうな顔で芽依がおじさんの手を払う。
でもおじさんは芽依の手を掴んで離さない。
「離して!!」
「最近電話しても出ないし、会ってくれないから寂《さび》しかったよ芽依」
「やめて!!」
「どうした？　俺と会うのが嫌になった？」
芽依の顔が青ざめる。
あたしは芽依とおじさんの関係が理解出来なくて立ち尽くした。
芽依が嫌がってる。
立ち尽くしてる場合じゃない。
助けなきゃ。

そう思って口を開こうとした瞬間、おじさんがヒートアップした。
「俺より芽依を気持ち良くする奴が現れたのか？」
「違う!!」
「そいつとのセックスに魅了されたのか？」
「違う!!　そんなんじゃない!!」
芽依の目から涙が零《こぼ》れる。
その瞬間、芽依と友達になったあの日を思い出した。
そうだ。
このおじさんは、あの日芽依と会ってた人。
芽依が校門で話してた人。
芽依が泣いてたあの日の人。
気づけば、あたしはおじさんに叫んでいた。
「やめて下さい!!」
「なんだ？　君は」
「芽依の友達です!!」
「友達だかなんだか知らないが、部外者は黙っててくれるか？
俺は今から芽依を取り返さないといけないんだ」
「取り返すってなんですか⁉　芽依は物じゃない!!
それに、どうせまた芽依を傷つけるんでしょ⁉　ダメです!!
許しません!!」
「君にどうこう言われる筋合いはない!!　芽依を気持ち良く出来るのは俺だけだ!!　芽依は俺の物だ!!」
おじさんが嫌がる芽依を引っ張る。
最低だ、この人。
芽依を物扱いするなんて。
やめて。
これ以上、芽依を傷つけないで。
あたしが一歩踏み出した瞬間、おじさんが男の子に突き飛ばされた。

驚いて動きが止まる。
おじさんに代わって芽依の手を掴んでいたのは舜くんだった。
立ち尽くすあたしの隣に稜くんが立った。
「稜くん!!」
「唯、大丈夫か？　何にもされてない？」
頷くと稜くんが安堵のため息をついた。
「あいつ何？」
「芽依が援交してた時の人みたい」
「ふーん」
そう言って稜くんがおじさんを見る。
あたしは舜くんと芽依を心配そうに見つめた。
「誰だ、お前は!!」
「オッサンこそ、ザキちゃんの何？」
「俺は芽依の……」
「体目当ての変態ですって？　ははっ。オッサン、ふざけんなよ」
舜くんがいつもと違う。
物凄く怖い顔で、物凄く真剣な声色。
あたしの体がブルッと震えた。
「オッサン、ザキちゃんにもう近づくな」
「何故《なぜ》……っ!!」
「何故じゃねぇよ。ザキちゃんは援交なんかもうやってねぇ。気持ち悪いあんたらオッサンと寝てねんだよ」
「貴様……っ」
「なぁオッサン」
舜くんがおじさんの胸倉を掴んで睨《にら》みつける。
「もう二度とザキちゃんに近づくんじゃねぇ。今度近づいてザキちゃん泣かせてみろ。次はこんなもんじゃ済まないから」
舜くんがおじさんを離すと、芽依の手を引いてこっちに歩いてきた。

芽依があたしに頭を下げる。
あたしは慌てて芽依の顔を上げた。
「ごめん、唯。せっかく楽しい買い物だったのに、こんなことに巻き込んで」
「全然!!　いいよ!!　気にしてない!!　それより芽依は大丈夫!?」
「大丈夫。葉月くんが助けてくれたから」
芽依の言葉に自信満々の舜くん。
あたしはクスッと笑った。
「おい、舜」
「なんだ？　稜。ザキちゃん助けたのが俺で悔しいか？」
「全く悔しくない。ていうか、なんで山崎の手掴んでんの？」
稜くんの言葉に舜くんと芽依が顔を見合わせる。
それから二人が勢い良く離れた。
「あー、無意識だった？　わりぃな」
「一体何に謝ってんだよ!!　稜は!!」
大慌ての舜くんと真っ赤な芽依。
あたしは笑いながら稜くんと舜くんのやり取りを見ていた。
この時、小さな恋が芽生えていることなんかつゆ知らず。

放課後デート

稜くんが好きで
好きすぎて
あたしは稜くんを縛《しば》り付けてるのかもしれない

「吉岡ー。今日の放課後、二年だけクラス委員会議あるから」
朝、稜くんと登校すると先生に言われた言葉。
あたしはオリエンテーションキャンプについてかな？
なんて呑気《のんき》に考えていた。
すると、隣で稜くんが舌打ち。
「だから、なんで唯だけに言うんだよアイツ」
「稜くんはバイトがあるからじゃないかな？　先生なりに気を利かせたのかも……」
「んなもん、舜に押し付ける。俺は唯と一緒にいる」
稜くんの言葉にキュンとして、あたしは赤くなってうつむいた。
嬉《うれ》しい……。
稜くんと放課後いれるなんて、何日振りだろう。
あたしは「えへへ」と笑った。
「やっばい」
「え？」
「俺の理性崩壊しそう」
「!!?」
稜くんの思わぬ発言に真っ赤になる。
理性崩壊しそうって言ってる割には余裕で笑ってる稜くんが憎

い。
ほんと。
からかうの、やめて欲しいな。
もっと稜くんを好きになる自分が情けなくなるから。
「なぁ、唯」
「え？」
いきなり稜くんに手を引っ張られて使ってない空き教室に連れ込まれた。
稜くんに壁に追い詰められる。
あたしの心臓はハンパなくドキドキしていた。
「稜くん？」
「やっぱ、我慢出来ねぇ」
稜くんがあたしにもたれ掛かる。
あたしはアワアワして顔を真っ赤にした。
「最近、唯を見てると我慢が利かなくなってきた」
「え？」
「悪いんだけど、唯の覚悟、早目に決めてもらっていい？」
稜くんが顔を少し赤らめてあたしを見つめる。
あたしの覚悟……。
心臓が騒がしい。
そうだ。
覚悟 決めなきゃ。
でも、稜くんなら……
「あたし、いつでも大丈夫だよ？」
そう言うと稜くんが目を丸くした。
あれ？
ダメだったかな？
もしかして、欲求不満とか思われてたり……。
あたしは首を思いっきり振った。
「いや!!　だからといって欲求不満なわけじゃなくて!!　ただ、

稜くんなら大丈夫だと思っただけで!!」
必死に弁解の言葉を探していると、稜くんが噴き出した。
あたしは首を傾《かし》げる。
「稜くん？」
「誰も唯が欲求不満なんて言ってねぇよ。むしろ俺の方が欲求不満じゃん」
稜くんは一通り笑ったあと涙を拭《ぬぐ》った。
「わかった。楽しみは後に残しとく。でもその時は
覚悟しとけよ？」
耳元でそう言って、稜くんがあたしの手を引いて空き教室を出た。
あたしの顔は真っ赤で、その時のことを考えて倒れそうになっていた。
体育の授業。
あたしは芽依と二人並んで、他のクラスメートがテニスしているのを眺《なが》めていた。
体育館をチラッと見ると、男子がバスケをしている。
クラスの女の子達、体育館にへばり付いて見てるじゃん。
女の子達の目線の先には稜くんと舜くん。
「凄《すご》いね。キラキラ王子とナンパ王子」
「ナンパ王子って……。そんな言葉聞いたら舜くん悲しむよ？」
「いいよ」
あの日、舜くんが芽依を助けてくれた日から芽依が舜くんに対して冷たい。
素っ気ないっていうのかな？
目もあんまり合わせないし。
あたしは芽依の顔をジーッと見た。
「ねぇ唯」
「ほあ⁉」
突然名前を呼ばれて飛び上がる。

そんなあたしにお構いなく話を進める芽依。
「恋って、好きって、どんな気持ち？」
「え？」
芽依が体育館で走り回る舜くんを眺めている。
あたしは目を丸くした。
「もしかして芽依、舜くんに惚《ほ》れちゃった？」
「なな⁉　なんで⁉」
芽依が後ろのフェンスで頭をぶつけた。
顔が真っ赤だ。
あたしは芽依に詰め寄った。
「舜くんに話し掛けられたり側に来られたりしたらドキドキする？
他の女の子と話してると心臓痛くなる？
不意に笑顔向けられるとキュンとなる？」
あたしの言葉に芽依が小さく頷《うなず》く。
芽依、舜くんが好きなんだ。
あたしは芽依に笑顔を向けた。
「もしかして芽依、初恋だったり？」
「だって、自分に自信がなくてそれどころじゃ……」
「もったいないなぁ。芽依は美人なのに。それ以上のことはしてるくせに」
「うん。本当に反省してます」
芽依がフェンスにもたれてしゃがみ込んだ。
あたしもつられてしゃがみ込む。
「あたしなんかに好きになられても、葉月くんに迷惑だって分かってる。
だけど、葉月くんを見てるとどうしても欲しくなる。
笑顔も声も葉月くんの全部、あたしに頂戴って言いたくなる」
消え入りそうなぐらい小さな芽依の声。
芽依、可愛いなぁ。

クスッと笑うと、足元にバスケのボールが転がってきた。
見上げると体育館の入口で舜くんが手を振っている。
「おーい!!　ザキちゃーん!!　ボール投げてー!!」
あたしは芽依を肘で小突いた。
「ほら。舜くんが芽依に手振ってるよ？」
「ザキちゃーん!!」
「ほら。早く返事してボール渡してあげなよ」
そう言うと芽依が立ち上がった。
ボールを持って。
「うっ…う……」
「ザキちゃーん⁉」
「う…う…」
「ザキちゃんが来ないなら、俺から行っちゃうよー⁉」
舜くんが近づいくる。
すると芽依がいきなり舜くんにボールを投げつけた。
「うるさい!!　近づくな!!」
えええぇぇぇえぇ⁉
芽依⁉
舜くんが芽依のボールをキャッチして呆然《ぼうぜん》としている。
芽依の顔を見ると青ざめていた。
あーあ、やっちゃった。
あたしはため息をついた。
「舜くん。芽依、今情緒不安定だから気にしないで」
あたしの言葉に頷いて舜くんがションボリと体育館に帰った。
「もう。好きな子に意地悪して気を引こうとする小学生の男子じゃないんだから」
「どうしよう。あんなことが言いたかったんじゃなかったの」
「なんて言いたかったの？」
「『うん。ちゃんと受け取って』」
「………」

あたしはため息をついた。
芽依って、ツンデレ？
困り顔で芽依を見ていると、体育館から稜くんと舜くんが歩いて来た。
「あれ？　二人ともどうしたの？」
「今休憩中。舜が山崎に謝りたいって言うから来た」
「舜くんが？」
舜くんを見ると申し訳なさそうに芽依に近づいた。
芽依があたしの後ろに隠れる。
「ダメだよ芽依。ちゃんと舜くんの話聞かなきゃ」
「だって、あたし葉月くんに酷《ひど》いこと……」
「舜くんはそんなことで芽依を嫌いになんないよ」
あたしはニコッと芽依に笑った。
芽依は渋々あたしの後ろから出てきた。
その瞬間、舜くんが芽依に頭を下げた。
「ごめんねザキちゃん」
「え？」
「俺、デリカシーないからあんな大声でザキちゃんのこと呼んだりして、恥ずかしかったよな？」
舜くんが寂《さび》しそうにうつむいた。
そんな舜くんを見て芽依が慌《あわ》てる。
「ちっ違っ!!　あたしが葉月くんに冷たくしたから!!　葉月くんは悪くない!!」
「ザキちゃん……」
舜くんは感激したのか芽依に抱きつく。
芽依が真っ赤になって固まった。
「ザキちゃんやっぱりいい人!!　マジザキちゃん大好き!!」
「だだだ大好き⁉」
焦《あせ》る芽依と猫のように芽依に擦《す》り寄る舜くんを見て稜くんがため息をついた。

「これだから舜は誤解されて、無理矢理付き合うことになんだよ」
「え？」
「あんな『大好き』なんて言われたら、普通誤解すんじゃん。別に深い意味ないのに、女子は勘違いして舜に『付き合って』とか言うんだ。
あいつも面白半分で付き合うから、馬鹿だよな。
山崎の気持ちも知らねぇで」
「あれ？　稜くん、芽依が舜くん好きなの知ってるの？」
「見てればわかる」
稜くんがあたしに笑いかける。
「大丈夫。唯の友達だし、山崎は別に嫌いじゃないし、舜が山崎傷つけたらシメてやる」
何だろう。
怖いこと言ってるけど、カッコイイ。
あたしはボーッと稜くんを見つめた。
「なぁ唯」
「え？」
「今日、放課後どっか行こっか」
「放課後？」
「最近二人でどっか行ってないし。明日からオリエンテーションキャンプで二人っきりになれねぇじゃん」
稜くん、そんなこと考えてくれてたんだ……。
感激して涙出そう……。
稜くんがあたしの頭に手を置いて、ニコッと笑った。
どうしよう。
ドキドキして胸が苦しいよ。
毎日好きが更新されて、稜くんのことが頭から離れない。
どんどん夢中にさせて
稜くんはあたしをどうしたいの？

「唯、そんな顔して、俺にどうして欲しいの？」
「え？」
「何でもない。とにかく、放課後楽しみにしてるから」
稜くんはあたしの頭をポンとしてから舜くんの襟首を掴《つか》んだ。
そのまま舜くんは稜くんに引きずられて行く。
芽依を見るとグッタリしていた。
「芽依？」
「ドキドキしすぎて気持ち悪い……」
「前途多難だね……」
あたしと芽依は一緒にため息をついた。
放課後。
あたしは帰り支度《じたく》を済ませて下駄箱に向かった。
稜くんと一緒に教室を出るなんて、自殺行為に近いから。
あたしはクラスメートに囲まれている稜くんをチラッと見てから教室を出た。
靴を履き替えていると肩を叩《たた》かれた。
振り向くと、雪くんが立っていた。
「雪くん!!」
「今日は唯ちゃん一人なの？」
「ううん。稜くんと待ち合わせてるの」
「待ち合わせ？　なんで？　有沢くんと唯ちゃんって同じクラスだよね？」
「そうなんだけど……。稜くんは人気者だから、一緒に帰れること自体が奇跡なんだよ」
あたしは雪くんに笑いかけた。
そんなあたしを見た雪くんは少し険しい顔をした。
「なんで？」
「え？」
「なんで唯ちゃんは笑ってられるの？」
「雪くん？」

「寂しくないの？」
「寂しいけど、我が儘なんか言えない」
「どうして……」
「あたし、稜くんに嫌われたくない」
「唯ちゃん……」
「稜くんを困らせたくない……」
うつむくと雪くんが小さな声で呟《つぶや》いた。
「いつか君を、その悲しみから救ってあげるから」
あまりにも小さかったので聞き逃してしまった。
「？　何か言った？」
「ううん。何でもない。そろそろ行くよ」
「あっ。ごめんね。引き止めて」
「ううん。引き止めたのはこっちだから」
雪くんが片手を挙げて去って行く。
あたしは雪くんに手を振った。
振っていた手を止めてため息をつく。
稜くん遅いなぁ。
人気者も大変だな。
あたしは下駄箱にもたれて空を見上げた。
綺麗な空。
曇りのない、澄み渡った青空。
まるで稜くんのようだと、あたしは思った。
真っ直ぐ、自分の気持ちをぶつけてくれる稜くん。
あたしは自分の気持ちを押し殺す癖があるから、稜くんが凄く羨《うらや》ましい。
あんな真っ直ぐな人だから、稜くんの周りには人が集まるのかな？
あたしはクスッと笑った。
すると、突然甘い香りがした。
この匂い……

あたしの大好きな匂い……
横を見ると稜くんが空を見上げていた。
「稜くん」
「すっげえ綺麗だな、空」
「うん。そうだね」
同じように空を見上げると稜くんがあたしを見た。
「ごめんな、唯。遅くなって」
「ううん。稜くんも友達と一緒にいたい時ぐらいあるだろうし、気にしてないよ」
「本当は唯と一緒に教室出るつもりだったんだけど……」
稜くんが額に手をついて下駄箱にもたれた。
「舜に捕まって、逃げ出せなくなった」
「あー。舜くんなら仕方ないよ。だってハンターだもん。芽依が言ってた」
「確かに山崎言ってたな」
あたしと稜くんは顔を見合わせて笑い合った。
「行こっか」
「うん」
稜くんが自然と手を繋《つな》ぐ。
あたしは驚いて手を離してしまった。
「唯？」
「あっ、ごめんなさい。でも、ここ学校だから……」
口ごもると稜くんが拗《す》ねたような顔を近づけてきた。
「学校だから、何？　俺は唯が俺のもんだって証明したいんだけど？
ていうか、唯とくっつきたいとか思っちゃいけないの？」
稜くんがだんだん迫ってくる。
あたしは後退りながら目を泳がせた。
—ガンッ—
下駄箱にぶつかる。

逃げられない。
あたしは必死に稜くんから目を逸らした。
「ねぇ唯」
なんでそんな色気ありまくりの声で名前呼ぶのー⁉
ドキドキしながら目を逸らす。
稜くんは容赦なく近づいてくる。
「そろそろみんなに秘密の関係、終わりにしね？」
誤解招くような言い方しないでー‼
秘密の関係って‼
秘密の関係って‼
チラッと稜くんを見上げると、優しく微笑んでいた。
どうしよう……。
稜くんのことバカにされたくないから、みんなに黙ってたけど
そんなこと言われると、みんなに言いふらしたくなるよ……。
稜くんを見つめていると、稜くんに手を引っ張られた。
歩きながら稜くんが振り向く。
「早く行かなきゃ、時間なくなる」
そんな笑顔で言われたら、何も言えないよ……。
稜くんに引っ張られるまま、あたしはうつむいていた。
着いた場所は大型ショッピングモール。
何か買いたい物とかあるのかな？
そう思っているとゲームセンターに着いた。
「唯、プリクラ撮ろっか」
「え？」
「唯とデートして初めてのプリクラ、欲しいんだけど」
稜くんが優しく笑う。
あたしはドキドキしながら稜くんについて行った。
稜くんが歩くだけで周りにいる女の子達が騒ぎ出す。
そのあとの あたしに対する視線。
なんて痛い……。

稜くんがあたしの手を引いてプリクラの中に入った。
本当に撮るんだ……。
ドキドキして固まっていると稜くんがあたしの腰を抱いてきた。
「稜くん？」
「唯はさ、俺のこと好き？」
「え……」
「時々思うんだ。俺ばっか夢中になって、唯のこと困らせてんじゃねぇかって」
「稜くん……」
聞こえてくる機械の呑気《のんき》な声。
そんなのも気にせずに稜くんを見つめ続けた。
「俺、すげえ嫉妬深いんだ。だから唯が他のヤツと話してたり一緒にいたり笑顔向けてたら、俺そいつのこと殴りたくなる」
心臓が音を立てる。
どうしよう。
嬉《うれ》しい。
嬉しすぎて、泣いちゃいそう。
「ねぇ。唯の『好き』を全部俺にちょうだい？」
そう言われて迷いはなかった。
あんまり寂しそうな顔をする稜くんを見たくなくて
あたしは自分から稜くんにキスをした。
ゆっくり唇を離す。
あたしは真っ直ぐ稜くんを見て口を開いた。
「あげる。全部稜くんにあげるよ？　あたしの『好き』も、あたしの全部、稜くんにあげる。
あたしは稜くんのだもん」
「唯……」
「好き。稜くんが大好き」
あれ？
おかしいな。

どうして涙が出るの？
「好き、好き。好きなの、大好きなの」
どうして『好き』が溢《あふ》れ出るの？
「こんな言葉じゃ言いきれないぐらい、稜くんが思ってるよりずっとずっと好き」
あぁ そっか。
あたし知らない間に我慢してたんだ。
「いつも頭の中は稜くんでうめつくされてて、『好き』があたしの体を支配する」
稜くんに『好き』って言うこと。
「好きで好きで、気持ちが止まらない」
ウザがられたくなくて
離れたくなくて
無意識に封じ込めてたんだ。
「あたし、あたしは」
封じ込めて、押さえ込んで
『好き』が変わった。
「稜くん、あたし稜くんのこと……っ⁉」
あたし稜くんのこと『愛してる』
その言葉は、稜くんの唇に遮られた。
何度も何度も合わさる唇。
どんどん深くなるキス。
あたしは稜くんの制服をキュッと掴んだ。
ようやく離れた時、機械から『落書きブースへ移動してね』と聞こえた。
稜くんが優しく微笑んでいる。
「唯と初めてのプリクラ、キスプリだね」
キスプリ……。
あたしは勢い良く機械を見た。
急いで落書きブースへ向かう。

写し出されていた写真は全て稜くんとキスしてた写真だった。
全部キスしてるじゃん!!
あたしは恥ずかしくなってうつむいた。
「ヤバい……」
横に来た稜くんが片手で口を覆《おお》っている。
あたしは首を傾《かし》げた。
「唯とキスしてる俺って、こんな幸せそうな顔してんだな」
稜くんの言葉に赤い顔が更に赤くなる。
本当だ。
稜くんとキスしてるあたしの顔、凄《すご》く幸せそう。
あたしはキュッと稜くんの制服を掴んだ。
「唯？」
「あたしは、稜くんと一緒だといつも幸せ感じてるよ？」
自分でも不思議だった。
いつもなら恥ずかしいセリフが、今ならスラスラ言える気がする。
あたしを大切に思ってくれてる稜くんに
あたしも何か返したい。
稜くんといると、そんな気持ちになるの。
あたしは稜くんの目を真っ直ぐ見た。
「あたし、稜くんのこと愛してる」
「唯……」
「好きとか、大好きとか、それよりも上の感情で……
稜くんを大切にしたい、稜くんの笑顔が見たい
そう思ったら、稜くんが愛しくなってきたの」
そう言うと稜くんがあたしを抱きしめた。
「俺、ヤバいかも」
「え？」
「唯が嫌がるから学校で内緒にしてきたけど、もう歯止めきかなくなる」

「稜くん？」
「俺だって唯のこと愛してる。他の誰にも渡したくない、絶対手放したくない」
「稜くん……」
「唯、オリエンテーションキャンプ、覚悟しといて」
稜くんが離れたと思ったら、稜くんがニコッと笑った。
覚悟しといてって……
あたしは赤い顔を両手で覆った。
半分心配、半分期待しながら
明日のオリエンテーションキャンプを待つ……。

オリエンテーションキャンプ初日

ドキドキ
ワクワク
そんな気持ちであたしは稜くんの家に向かった。

『クラス委員は早目に登校するように』
昨日の夜 先生から電話がかかってきて言われた。
あたしはオリエンテーションキャンプに必要な物を入れたカバンを持って家を出た。
目的地は稜くんの家。
只今の時刻、6:00。
多分起きてないだろうなと思って、早目に家を出て稜くんの家に向かう。
稜くんの家に着くと、外には新聞を手にした稜くんのお父さんがいた。
「おはようございます」
ペコッと頭を下げて稜くんのお父さんに挨拶《あいさつ》をすると、稜くんのお父さんが振り返った。
「唯ちゃん!!　こんな朝早くどうしたの？」
「今日からオリエンテーションキャンプで、クラス委員は早目に登校しなきゃいけないんです。
稜くんがまだ起きてないと思って、迎えに来ちゃいました」
エヘへと笑って頭を掻く。
そんなあたしに優しく稜くんのお父さんは笑いかけてくれた。

「御名答《ごめいとう》だよ、唯ちゃん。稜ならまだ寝てる。起こしてやって」
「はい」
稜くんのお父さんに家に入れてもらい、あたしは稜くんの部屋に向かった。
小さくノックしてソロリとドアを開ける。
その先には、寝顔の稜くん。
思わず見とれてしまった。
寝顔でも稜くんはカッコイイ。
あたしは近寄って稜くんの側に座った。
カッコイイなぁ……。
あたし、こんな王子様と一緒にいていいのかな？
小さくため息をつく。
すると稜くんが目をさました。
「あれ？　唯？」
寝ぼけ眼の稜くんと目が合う。
一瞬ドキッとして、あたしは首を振った。
「稜くん、クラス委員は早目に集合だよ。忘れてた？」
「あー。忘れてた」
稜くんは欠伸《あくび》をしながら起き上がった。
「で、唯は俺を迎えに来てくれたんだ？」
なんか、稜くんの寝起き 色っぽい。
そんなことを考えながら稜くんを見つめていると、いきなり稜くんがあたしの手を引っ張ってベッドに引き込んだ。
稜くんに押し倒されるような形。
目の前には不敵に笑う稜くん。
なんで、こんなことに……。
「えっ、えっと……稜くん？」
「俺、超幸せかも」
「え？」

「起きたら唯の可愛い顔があんだもん」
「かっかわっ⁉」
「毎朝、こうだったら素直に起きるんだけどな」
「毎朝って‼」
「あっ。結婚したら毎朝こんなんだよな」
「けけけけけけ結婚⁉」
突然言われた言葉に顔が赤くなる。
いきなり結婚なんて‼
手で顔を隠したかったけど、稜くんに手を掴《つか》まれていて隠せない。
泣きそうになりながら稜くんを見た。
「稜くん離して〜」
「無理。そんな泣きそうな顔されると、余計離したくない」
「恥ずかしいよ」
「あー、もう。限界だって」
稜くんがそう言った瞬間、稜くんにキスされた。
「んっ……」
いつも稜くんとキスをすると頭がボーッとする。
真っ白になるような、体がとろけていきそうになるような不思議な感覚。
稜くんの唇が首筋に這《は》う。
あたしはビクッとして稜くんを見た。
「稜くん⁉」
「唯が悪い」
「だっダメ‼　早く学校行かなきゃ……っ‼」
稜くんが首筋をペロッと舐《な》めた。
思わず体が跳《は》ね上がる。
「ひゃっ⁉」
「そうだね。早く学校行かなきゃね」
「そう思うなら早くっ‼」

そう言った瞬間稜くんが首筋に吸い付いた。
ピリッと痛みが走る。
かと思えば、吸い付いたとこを舐める稜くん。
「ふ……あ……やっ……」
口から今まで出したことのない声が出る。
ヤダっ!!
どうして、こんな声!!
涙が頬を伝う。
すると稜くんが勢い良く離れた。
軽く息切れするあたし。
目をパチクリさせて稜くんを見た。
「唯、超エロい」
「!?」
「でも、今日はこれでおしまい」
チュッと稜くんがおでこにキスをする。
それから首筋を指差した。
首筋に触れる。
稜くんが嬉《うれ》しそうにニコッとした。
「それ、唯が俺のだっていう印だから」
「しっ印?」
「キスマーク、付けちゃった」
ペロッと舌を出す稜くん。
あたしは真っ赤になって稜くんから顔を逸らした。
「さーてと、そろそろ着替えるかぁ。唯もたっぷり味わったし」
稜くんの言葉に赤面して、あたしは稜くんの部屋を飛び出した。
稜くんの部屋のドアを閉めてその場に座り込む。
ドキドキが止まらない。
息をするのがやっとだ。
あたし、一瞬『気持ち良い』って思った。

どうしよう。
変態だ。
あたしは赤い顔を隠すように両手で顔を覆《おお》った。
すると耳に突然息を吹き掛けられた。
━ビックゥ━
「ひぃや⁉」
驚いて振り返ると稜くんがニコニコしていた。
「驚いちゃって、唯可愛い」
「稜くん‼」
「そんな真っ赤な顔してねぇで、さっさと学校行くぞ。また俺に襲われたいの？」
「そっ⁉　そんなことない‼」
あたしは稜くんから顔を背けながら、稜くんに手を引かれて学校に向かった。
まだ少し早いせいか、空気が清々しい。
なのにあたしの顔は真っ赤で
心臓がせわしなく動いていた。
学校に着くと先生があたしと稜くんに手を振っていた。
「おーう。来たか」
「おはようございます」
「こんな朝早くから呼び出すってどういうことだよ、オッサン」
「お前な、仮にも先生に向かってオッサンはないだろ」
「一生オッサンって呼んでやる。俺、まだ根に持ってるから。何でも唯だけに仕事押し付けてたこと」
え？
あたしは稜くんを驚きの目で見た。
どういうこと？
「だーから、悪かったって。お前より吉岡の方が確実に仕事してくれるし、安心出来るから吉岡ばっかに頼ったんだって」

「唯は確かにしっかりしてる。でも、オッサンのせいで唯、泣いたんだからな」
あたしの頭にオリエンテーションキャンプの班決めの様子が浮かんだ。
そういえば、あたしクラスの人達が話聞いてくれないから泣いたんだっけ。
小学生かよ、自分。
今更ながら恥ずかしくなってきた。
あたしは頭を抱えて天を仰いだ。
「ホント悪かったな、吉岡」
「いえ‼　先生があたしに期待してくれてたってことですよね⁉
ご安心を‼　必ずや先生のご期待に応えてみせます‼」
「おーう、頼もしいな吉岡。でも吉岡、気をつけろよ？」
「何がですか？」
「そんなミニスカートはいてたら、男子に襲われるぞ」
あたしは自分の格好を見た。
芽依に選んでもらった服装なんだけど……。
半袖のＴシャツに七分のパーカー、それから可愛いフリルのミニスカートにハイソックスをはいてスニーカー。
このどこを見て襲われるというのか。
「吉岡、分かってねぇな。男は生足に弱いんだよ」
「⁉」
「お前、普段は制服のスカートあんまり折ってないから他の女子に比べてあんまり露出少ないけど、そんな普段着と制服のギャップ見せられちゃうと、男はコロッといっちゃうよ」
そうなの⁉
あたしは自分の足を見た。
あたしが他の男の子に襲われたら、稜くんに嫌われちゃう。
それだけは絶対にヤダ‼

ワタワタしてると、稜くんに後ろから抱きしめられた。
「おい、オッサン。人の女の生足見て興奮してんじゃねぇよ」
人の……女……。
稜くんの言葉にときめいていると、先生がニヤニヤしてきた。
「有沢〜、ヤバいんじゃない？　今まで有沢だけが知ってた吉岡の可愛さに、他の野郎共も気づくんじゃねぇの？」
「それは何？　俺に対する仕返し？」
「さぁ？　クラスの奴らが来たら分かるんじゃねぇの？」
意味深な笑みであたしと稜くんを見る先生。
あたしは首を傾《かし》げた。
どういうことだろう？
あたし別に可愛くないのに……。
「あれ？　稜じゃん」
うつむいていると、後ろから声が聞こえた。
振り向くと同時に稜くんの手が離れた。
後ろにいたのは全然知らない男の子と女の子。
男の子を見た途端、稜くんがため息をついた。
「なんだ、お前かよ」
「なんだってお前、失礼だな」
「別にお前なんかに会いたくない」
「ひでぇ!!」
「ていうか、なんでお前がいるんだよ」
「だって俺、８組のクラス委員だし」
「は？　お前が？　お前みたいなチャラ男が？」
「ちょっ、稜くん。言い過ぎじゃあないかい？」
あたしは男の子と稜くんのやり取りにクスッと笑ってしまった。
そのあたしの横で、小柄で可愛らしい大人しそうな女の子も一緒に笑っていた。
「あの二人、楽しそうだね」
「え？」

いきなり話し掛けられてビクッとする。
女の子は笑顔で続けた。
「でも、驚いた。あの有沢くんがクラス委員やるなんて」
「え？」
「クラスの人達がどんなに頼んでも引き受けなかったのに、どういう風のふきまわし？」
女の子がクスッと笑うと、男の子が近づいてきて女の子の肩を抱いた。
あたしはポカンと二人を見た。
「やぁ、稜に騙されてるいたいけなレディ。俺のハニーに何か用かな？」
「は⁉　お前ら付き合ったの⁉」
稜くんが驚きの声をあげる。
男の子の顔がにやけた。
「そうなんだよ。お前が声をかけて逃げられたハニーは俺のハニーになったんだよ。
まぁ。お前みたいに厳つくないし？　俺は逃げられなかったけど？」
あたしの頭に、稜くんと初めて会話した日が浮かんだ。
もしかしてこの女の子、稜くんが話し掛けたって言う女の子かな？
あの日の稜くんが頭に浮かぶ。
あたしはクスッと笑った。
「いたいけなレディ。稜はついに君のような清純レディにまで手をつけてしまったのか……。
君ともっと早く出会っていれば、君を悪魔の手から救うことが出来たのに……」
「え？　あっ、いや……」
「キモイんだよ、お前。何が『いたいけなレディ』だよ。唯困らせてんじゃねぇよ」

「おー、怖い。いたいけなレディ、別れるなら今のうちだぞ？　泣かされる前に撤退すべきだ‼　稜は数々の女の子を鳴かして泣かしてきたんだ」
「うぜえ。もういいから、お前向こう行けよ」
稜くんがため息をつくと、文句を言いながらも男の子は女の子の手を引いて離れて行った。
女の子がペコッと頭を下げた。
つられてあたしも頭を下げる。
可愛い女の子だったなぁ。
それにしても、強烈な男の子だったなぁ。
鳴かして泣かしてきたんだ。
稜くん。
あたしの頭に稜くんと見知らぬ女の子がイチャイチャしてる場面が映った。
顔が赤くなる。
そんなあたしの顔を稜くんが覗《のぞ》き込んできた。
「顔真っ赤。もしかして、俺が他の女とヤッてるとこ想像しちゃった？」
「え⁉　ちっ、違っ‼」
「だんだん唯もエロくなってきたね。そろそろ食べ頃かな？」
「食べ頃⁉」
真っ赤な顔が更に赤くなる。
稜くんがケラケラ笑った。
もう。
稜くんはすぐからかうんだから。
あたしはちょっと拗《す》ねたように稜くんを見た。
「有沢ー、吉岡ー。このプリントに、クラス委員の仕事書いてあるから。ちゃんと目、通しとけよ」
先生からプリントを受け取って、あたしと稜くんはクラスの人達が登校して来るのを待った。

だんだん稜くんの周りに人が集まり始める。
その勢いで、あたしは見知らぬ人に突き飛ばされた。
すると、丁度芽依が登校して来た。
「大丈夫⁉　唯‼」
「うん。相変わらず稜くんは人気者だね」
「何、呑気《のんき》なこと言ってんの‼　有沢くんに言いな‼　突き飛ばされたって‼」
必死な芽依を落ち着かせようと、あたしは芽依をなだめた。
「まぁまぁ。稜くんは何も悪くないし、稜くんに言っても仕方ないじゃん。
それに、突き飛ばした人だって悪気があったワケじゃないだろうし。あたしは気にしてないから」
「あのね‼　有沢くんに何も言わずにいて、もし唯に何かあったりしてみな‼　有沢くんは自分を物凄《ものすご》く責めるよ⁉
そんな苦しんだ有沢くんを唯は見たいの⁉」
苦しんだ稜くん……
あたし、見たくない。
あたしは首を横に振った。
でも、言っても同じことになるんじゃないかな？
あたしは芽依に笑いかけた。
「大丈夫だよ」
「あのね‼」
「大丈夫。稜くんは、あたしが守るの。芽依や舜くんだって例外じゃないけど、稜くんはあたしをいつだって助けてくれる。
だから、あたしは稜くんを守るの。大丈夫。あたし、みんなのことになると強いんだから」
あたしは芽依にニコッと笑いかけた。
芽依が小さくため息をつく。
それから「分かった」と言って笑ってくれた。
そんなあたし達の側に、舜くんと稜くんが近づいて来た。

「二人で何盛り上がってんの？」
舜くんが芽依に抱きつく。
その瞬間
「いやあぁぁあぁぁ!!」
芽依が叫びながら舜くんを突き飛ばした。
「きゃあ!!　舜くん!?」
「お前が馴れ馴れしいからだよ。自業自得」
「そんなこと言ったら可哀相だよ!!　稜くん!!」
あたしは舜くんに手を差し出した。
「大丈夫？　舜くん」
「ありがとう、ゆーちん」
舜くんがあたしの手を掴《つか》んで立ち上がった。
それから申し訳なさそうに芽依を見た。
「ごめん、ザキちゃん。ちょっとテンション上がっちゃって、調子のった」
今にも泣き出しそうな舜くんに、芽依は赤くなった。
そういえば、芽依って舜くんのこと好きだったっけ。
あたしは慌《あわ》てて芽依に助け船を出した。
「舜くんも謝ってるし、芽依ももういいよね？」
芽依がコクコク頷《うなず》く。
そんな芽依の顔を覗き込むと
芽依、息してない!?
あたしは慌てて芽依の肩を揺さ振った。
「ちょっと芽依!?　息!!　息をして!!」
「は!?　山崎息してねぇの!?」
「ちょっと、ザキちゃん!?」
舜くんが芽依の顔を両手で掴んで、真っ直ぐ芽依の目を見た。
「ザキちゃん、ゆっくり息吸って」
舜くんの言葉に芽依がゆっくり息を吸う。
あれ？

なんかあの二人、イイ感じ？
そう思って見ていると、バスから先生に呼ばれた。
「そこの四人!!　早く乗らないと、放置だからな!!」
あたしは稜くんと顔を見合わせて、芽依と舜くんを引っ張った。
なんとか二人をバスに乗せて、ようやくバスが発車した。
横に座る芽依の顔の前に手をかざして振る。
すると芽依が我に返って咳《せき》込んだ。
「大丈夫？　芽依」
「ごほっ…うん……」
芽依が頭を抱えて下を向いた。
「芽依？」
「あたし、可愛くないことしたよね」
「え？」
「葉月くん突き飛ばした」
「あぁ」
確かにあれは可哀相だった。
あたしは前の席に座ってる舜くんを見た。
まさかの展開に驚いてたもんね、舜くん。
あたしは苦笑いを浮かべた。

バスに揺られて２時間。
森の中のキャンプ場に着いた。
あたしはバスから降りて背伸びをする。
「んー!!　やっぱり空気が美味しいねー!!　ねっ!!　芽依!!」
笑顔で芽依を振り返れば、芽依は携帯を見てどんよりしていた。
「え？　ちょっ、芽依？」
「ありえない」
「え？」
「現代に携帯の通じない場所があるなんて……」
「そりゃあ、田舎とかなら仕方ないんじゃないかな？」

「信じられない!!」
芽依が携帯を握り締めてうなだれた。
いや。
芽依だけじゃない。
他の人達もだ。
あたしは芽依を元気づけるために地面に『芽依大好き』と書いた。
「唯？」
「ほら!!　携帯がなくても、想いを伝える術はあるよ!!　言いにくいことならこうやって地面に書けばいいし、伝えたい人が目の前にいるなら直接口で言えばいい!!
携帯がなくても、楽しいことなんていっぱいあるよ!!」
あたしは芽依にニコッと笑いかけた。
すると芽依が抱きついてきた。
「うわーん!!　唯、大好きだぁぁあぁぁ!!」
「いっぱい思い出作ろうね」
「当たり前じゃん!!」
二人で笑い合っていると、先生の声が聞こえた。
「じゃあ今から、二人一組でテント作れー。班の中で女子と男子に分かれて作れよ。そのペアで寝ることになるからな」
先生の言葉を聞いて、あたしと芽依はテント用品を取りに行く。
他の人達は携帯が繋《つな》がらないことのショックから立ち直れてないようで
ボケーッとしていた。
大丈夫かな？
みんな。
先生必死に現実世界に引き戻そうとしてるけど……。
動いてるの、あたし達の班だけだし。
あたしは隣でテントを組み立てている稜くんと舜くんを見た。
イケメン二人は、何をしてても様になるよね。

思わず見とれていると、芽依に軽く叩《たた》かれた。
「見とれないの」
「うっ……。ごめん……」
「まったく。自分の彼氏がいくらカッコイイからって、友達の前で見とれるのはないっしょ」
「ですよね？」
あたしは頭を振って気合いを入れ直した。
あれ？
このテントって、どうやって組み立てるわけ？
芽依と悩んでいると、後ろから手が伸びてきた。
驚いて振り返ると、雪くんが立っていた。
「雪くん!!」
「どうしたの？　組み立て方わからない？」
「えっと、恥ずかしながら……」
あたしは頭を掻いてエヘッと笑った。
雪くんは優しく笑いかけてから手際よくテントを組み立て始めた。
「ほら、出来たよ」
「うわー!!　ありがとう、雪くん!!」
「いいえ。唯ちゃんの友達さんも困ってたみたいだし、お役に立てて嬉《うれ》しいよ」
「本当にありがとう!!　あっ、この子は芽依って言うの。仲良くしてあげてね」
「芽依ちゃんか。俺は本間雪。よろしくね」
「知ってるよ。雪王子」
「ちょっ、芽依!!」
「アハハ!!　いいよ唯ちゃん。芽依ちゃん、面白いね」
雪くんと芽依の会話が盛り上がっている。
微笑ましく見ていると、視線を感じた。
ん？

なんか視線を感じる？
振り返ると舜くんがジーッと二人を見ていた。
不思議に思って舜くんを見ていると、気づいた舜くんと目が合った。
なんか、ずんずんこっちに歩いて来る。
そして
「ゆーちん!!」
「はい!!」
舜くんに手首を掴まれて少し離れた場所に連行された。
なんか舜くん、不機嫌？
あたしはソロッと舜くんを見た。
不機嫌MAX!!
いつものニコニコ笑顔じゃない!!
みんなの舜くんじゃないよ!!
あたしは舜くんから目を逸らした。
「ゆーちん……」
うわ。
声まで不機嫌だ。
あたしは何も言えずに舜くんから目を逸らしていた。
「なんでザキちゃんとジュニアが仲良く話してんの？」
「いや、なんでと言われましても。雪くんが困ってるあたしと芽依を助けてくれまして」
「なんでジュニアが助けるの？」
「いや、だって雪くんはあたしの友達ですし。話してたら芽依と意気投合っみたいな？」
そう言って舜くんを見れば、やっぱり顔が笑ってなかった。
「いやぁ!!　ごめんなさい!!」
ていうか、なんで舜くん怒ってんの⁉
なんで不機嫌なの⁉
もうわからないよー!!

あたしは泣き出しそうな気持ちを抑えて舜くんを見ていた。
すると舜くんがあたしの肩にもたれ掛かってきた。
「舜くん？」
「なぁゆーちん。もう、わかんねーよ」
「え？」
「今まで他の女の子が他の野郎と話してても別にいらつくことなかったのに、ザキちゃんが俺以外の野郎と話してるの見ると、イライラしてくる」
「えっと……」
「ザキちゃんの笑顔を独り占めしたいとか、ザキちゃん抱きしめたいとか、そんなことまで考えるようになって」
「舜くん？」
「ヤバいんだよ‼　変態なんだよ、俺‼」
舜くんが頭を抱えて空を仰いだ。
あたしはそんな舜くんにおずおずと声をかける。
「ねぇ、舜くん。恋したことある？」
「何言ってんの？　ゆーちん。俺は恋の神様だよ？　キス以上のことまで経験済みなのに」
「いや、そういうことじゃなくて」
「この歳で童貞はキツイでしょ」
「すいません。この歳で処女です」
「ゆーちんはいいの。清純派だから」
「意味わかんないよ‼　じゃなくて‼　舜くんの乱れた恋愛経験を聞きたいワケじゃない‼」
「乱れたって、ゆーちん」
「それは恋じゃない‼　遊びだよ‼　本気の恋、したことないんだ‼」
「本気の恋？」
「舜くんは今、芽依に本気の恋してる最中なんだよ‼」
「そうなの⁉　こんな突然に訪《おとず》れるもんなの⁉」

「恋はいつだって突然だよ!!」
そう言うと、目をキラキラさせて舜くんが手を叩いた。
「そっか!!　だったら俺、他の野郎に取られないように頑張らなきゃ!!」
「その意気だよ、舜くん!!」
「よっしゃ!!　葉月舜!!　マジ恋愛成就に向けて頑張ります!!」
そう言ってから軽く敬礼する舜くん。
そしていつもの笑顔で「ありがとね」と言った。
あたしと舜くんは元の場所へ戻った。
すると稜くんと芽依があたしと舜くんを振り返る。
すかさずあたしに近づいて来る芽依。
今度は芽依に思いっきり肩を掴まれた。
「どうして!!」
「うん、ごめんなさい。やましいこととかホントないから。だから美人がそんな顔しないで。リアルに怖い」
「ホントに⁉　葉月くんと何かしてない⁉」
「してない。あたしは稜くん一筋だ」
「有沢くんにお願いしようかな。『もっと唯を縛《しば》り上げて』って」
「なんかエロいわ!!」
あたしはため息をついて下を向いた。
こんなあたし達のやり取りを、他の女の子達が悔しそうに見ていたなんて知らず。

あたしが助けるから

もういいでしょ？
もう十分 芽依は傷ついた。
だからこれ以上
芽依を傷つけないで……

朝。
あたしと芽依はテントから出て背伸びをした。
「気持ち良い朝だね!!」
「きもーちいーいーあーさがきた」
「いや、芽依。歌わなくていい」
芽依と二人で話してると、後ろから誰か抱きついてきた。
顔が真っ赤になる。
あたしの顔の横に、稜くんの顔があるからだ。
「稜くん⁉」
「めちゃくちゃ眠い」
「だからって、あの、近……」
「んー。唯がキスしてくれたらどいたげる」
「キッ⁉　無理だよ!!　そんなことしたらみんなにバレちゃうよ!!」
「まだ言ってんの？　もうバレてもいいじゃん」
そう言って稜くんがホッペにキスをした。
それからギュウッと抱きしめられた。
「稜くん⁉」

「あー。稜、昨日から情緒不安定だから」
「情緒不安定？」
あたしは呆《あき》れ顔の舜くんを見た。
舜くんは今だに寝ぼけている稜くんのホッペをつついた。
「昨日さ、クラスの男子とか他のクラスの男子がゆーちんの私服見てさ、『ヤバい』とか『超可愛い』とか言ってたの聞いたんだよ。
それから、ゆーちんを独り占めしたいとか稜が言い出したんだ。
多分、稜はみんなにバラしたいんじゃないかな？　ゆーちんを取られないために」
そう言った舜くんはあたしにニコッと笑いかけた。
あたしの私服？
あたしは今日の自分の格好を見た。
「今日のゆーちんも可愛いよ」
「ありがとう。でもこれ、芽依が選んでくれた服なの」
「ザキちゃんが？」
「うん。センスいいでしょ？」
あたしがそう言って笑うと舜くんが芽依を見た。
そして可愛い笑顔で一言
「当たり前じゃん。だって見た目も中身も可愛いし、センスいいに決まってる」
一体 何の断定かわからないけど
告白ととれる言葉にあたしは目を見開いた。
舜くん、頑張るって言ってたけど……
そんないきなりアプローチしなくても……。
こっちまで恥ずかしくなるよ。
あたしは赤くなって俯いた。
芽依をチラッと見ると、案の定真っ赤になっていて
そんな芽依を微笑ましく思った。
「舜、とりあえず集合かかってるみたいだから行くぞ」

さっきまで寝ぼけていた稜くんは、すでにシャキッとしていた。
あたしは稜くんに手を引っ張られて集合場所に向かった。
集合場所に着くと雪くんがみんなの前に立って話し出した。
首を傾《かし》げていると、あたしを見て雪くんがニコッと笑った。
「皆さん、これから皆さんには朝食会場まで移動してもらいます」
会場まで移動？
どこにあるんだろう？
と思いながら雪くんを見た。
「普通に皆さんで向かうのではありません。各自テントで一緒に寝た人とペアになり、クジを引いてもらいます。
そのクジに書いてあるものを探し出して、朝食会場に持って来て下さい」
雪くんの言葉を聞いて稜くんがあたしに耳打ちしてきた。
「なんか、宝探しみたいで面白そうだな」
「うん‼」
笑顔で稜くんを見る。
雪くんが続けた。
「今日の早朝から先生が至る所にクジに書かれたものを置いてきたそうなので、先生の努力を無駄にしないようにしましょう」
先生達を見るとグッタリしていた。
うわぁ、お疲れ様。
そうこうしている内に、芽依がクジを引いてきた。
芽依がクジに書いてあるものを見て固まった。
「芽依？　どうしたの？　何が書いてあるの？」
そう聞くと、芽依がクジをあたしに差し出した。
クジを受け取って見ると、そこには『ジャガ芋』と書かれていた。
ジャガ芋？

あたし達にジャガ芋掘ってこいと？
他の人達が行動を開始しだす。
あたしと芽依も、稜くんと舜くんと別れてジャガ芋を探し出した。
「よく考えたら、ジャガ芋を隠す必要なくない？」
「まぁまぁ、そう言わずに芽依。せっかく先生が用意してくれたことなんだし、楽しも？」
「楽しもって、こっちは腹減ってそれどころじゃないっつの」
芽依があまりの空腹に苛立っている。
こういう時、どうやって緩和したら……。
ふと、あたしの頭に舜くんが過《よぎ》った。
そうだ!!
「芽依!!　最近舜くんとイイ感じだね!!」
「!!!?」
―ゴンッ―
思いっきり芽依が木にぶつかる。
それからあたしを振り返った。
「ちょっ!!　な!?」
「芽依、鼻血出てるよ」
「イイ感じなんかじゃない!!」
「否定しなくてもいいじゃん。好きならそれで」
「でも!!」
「好きな人とイイ感じって言われたら、普通喜ぶでしょ？」
そう言って笑うと、芽依も少しはにかんだ笑顔を向けてくれた。
可愛い!!
芽依の笑顔本当に心臓に悪い。
そう思ってあたしは芽依から顔を逸らした。
それから歩くこと数分。
周りに人の気配がない。
ふと、目に入った小さな小屋。

あたしは芽依の服をクンと引っ張った。
「どうしたの？」
「あれ……」
あたしは小屋を指差す。
芽依も小屋を見た。
「小屋みたいな倉庫だね。行ってみる？」
芽依の言葉に、あたしは頷《うなず》いた。
でも、何だろう。
とても嫌な気がする。
なんだか、誰かに見られているような…。
少しブルッとして、あたしは芽依についていく。
そろ〜っと中を覗《のぞ》く。
「なんか暗いね」
「とりあえず入ってみる？」
あたしは頷いて芽依と小屋に入った。
すると……
—バンッ—
—ガチャッ—
扉が閉まる音と、鍵が閉まる音。
一瞬、何が起きたか分からなかった。
この状況で分かること。
暗い小屋に『閉じ込められた』ってこと。
あたしの顔からサッと血の気が引く。
そんな…。待って。
誰もいなかったよね？
いや、違う。
「いなかった」じゃなくて「気配を消してた」んだ。
芽依が閉じられた扉を叩《たた》いた。
「ちょっと‼　誰かいるんでしょ⁉　出しなさいよ‼」
すると扉の向こうで女の子達の笑い声が聞こえた。

一人二人じゃない。
もっと複数。
もっと大勢。
「ムカつくの」
「え？」
「あんた達みたいな女が、舜くんと有沢くんの側にいることが」
なに、それ……
「地味子に援交淫乱女。二人に相応しいとか思ってんの？」
あたしは両手をグッと握り締めた。
そんな、ただのひがみで
こんなことするなんて……
それに
芽依のこと、悪く言って……
「地味は地味なりにおとなしくしとけよ」
「援交女は見知らぬオヤジとヤッとけよ」
そう言って笑う女の子達。
もう我慢の限界だった。
あたしは扉をダンッと思いっきり叩いた。
女の子達の笑い声が一瞬止まる。
「自分達が二人の側にいられないからって、ひがまないで」
「あ⁉」
「なんだよ地味子‼」
「うるさい‼　ムカつくのはあんた達の方だよ‼」
あたしの目から涙が零《こぼ》れる。
怖いよ。
でも、許せないよ。
「芽依のこと何も知らないくせに言いたい放題‼　上辺だけで判断しないで‼
どうせ舜くんや稜くんのことだって、見た目がカッコイイから

好きなんででしょ⁉　内面を見ようともしない‼
舜くんや稜くんの顔で、みんなの理想の性格をした空想の人だよ‼　そんなの‼
芽依は確かに援交してた‼　だけど、本当にしたくてしてたワケじゃない‼　ちゃんとした理由があるの‼
そんなことも知らないくせに、勝手なこと言うな‼　芽依を悪く言うな‼」
そう言うと女の子達が笑い出した。
「あんた、何友達のことで怒ってんの？」
「普通自分のことで怒るでしょ？」
「意味わかんない」
悔しい。
悔しい 悔しい 悔しい。
こんな奴らに笑われるなんて。
あたしは涙を流しながら扉を睨《にら》みつけた。
「あたしのことはなんとでも言えばいい。確かに地味だし、稜くんと釣り合うなんて思ってない」
「だったら身分わきまえなさいよ‼」
そんなこと分かってる。
分かってるよ。
でも……
「あんた達みたいな汚い心の持ち主だって、二人に釣り合わないよ。
芽依の方が断然釣り合う」
その言葉で女の子達の心に火をつけたのか、扉がガラッと開いた。
「ふざけんな‼　地味子のくせに‼」
そう言ってあたしは髪の毛を掴《つか》まれて引きずられ、地面にたたき付けられた。
「お前なんか地面に這《は》いつくばってればいいんだよ‼」

お腹を蹴られる。
「ごほっ!!」
「お前みたいなブスが有沢くんに近づきやがって!!」
髪の毛を掴まれて顔を殴られる。
「うっ!!」
「お前なんか二度と二人に近づけない顔にしてやる!!」
頭をグリグリと踏み付けられる。
口の中が血の味でいっぱい。
「可哀相……。こんなことしか出来ないなんて。そんな気持ちしか浮かばないなんて……」
あたしの言葉に体中を蹴る力は強くなり、頭を踏み付ける力も強くなった。
そんなあたしを見て芽依が震えながら泣いている。
『大丈夫だよ、芽依』
そう言いたいのに、声が出ない。
あたしは芽依に手を伸ばした。
すると、その手を踏み付けられた。
「そうか。お前はこいつが大切なんだよな」
一人がニヤリと笑うと、数名が芽依に近づいた。
やめて。
芽依に何もしないで。
「このセックス好きの発情女。全身裸にして吊しとけば、誰かヤッてくれんじゃない?」
「やっ!!　やめて!!」
芽依の服を掴んで脱がそうとする女の子達。
やめて。
芽依に手を出さないで。
あたしは近くにあった石を掴んで、芽依の近くの女の子に投げ付けた。
「痛!!」

「何すんだよ地味子!!」
「先ずはお前だ!!　殺してやる!!」
芽依から離れてあたしの所に戻って来る。
そうだ。
それでいい。
芽依を、友達を助けることが出来るなら
あたしはどんなことをされたって構わない。
意識が朦朧としてきた時、芽依が大声で叫んだ。
「助けて!!　葉月くん!!　有沢くん!!」
その瞬間、女の子達は焦《あせ》ってあたしから離れて走って行った。
芽依があたしの側に来る。
しばらくして、息を切らせて舜くんと稜くんが来た。
「唯!!」
「ザキちゃん⁉　何があったの⁉」
泣きじゃくる芽依の肩を優しく舜くんが掴む。
芽依はさっきあったことを話し出した。
全部聞いた二人は辛《つら》そうに、でも怒りを抑え切れない顔をしていた。
稜くんがあたしを抱きしめる。
「どう……して？　何で…稜くんは来て…くれたの？」
「舜が山崎の声が聞こえたとか言い出して、来てみたらこれだ。ごめん、唯。助けらんなくてごめん」
稜くんが強く抱きしめる。
安心する。
稜くんが近くにいるから。
あたしは稜くんに抱きしめられたまま意識を手放した。

気づけばあたしはテントの中で寝ていて、ゆっくり辺りを見渡した。
ここは？

あたしあのあと、意識飛ばしちゃったんだ。
ボーッとそんなことを思っていると、外から伊波先生と稜くんの声が聞こえた。
「大丈夫よ、有沢くん。有沢くんのせいじゃないわ」
「でも俺、唯があぁなるまで助けること出来なくて……」
「仕方ないわ。有沢くんはなにも悪くない」
ゆっくり声のする方に近づく。
出入口からソロッと覗くと、伊波先生にもたれるようにしている稜くんが見えた。
―ドクン―
心臓が嫌な音を立てた。
今日は何て厄日なんだろう。
こんな日に、そんな場面見たくなかった。
痛い。
体中が。
心臓が。
あたしは声を押し殺して泣いた。

告白

稜くんのこと 嫌いじゃない
むしろ大好きで
ずっと離れたくないの

伊波先生と稜くんの声が聞こえなくなって、しばらくしてテントから出た。
辺りを見渡してからホッと息をついた。
よかった。
みんな別のイベントか何かに行ってるみたい。
あたしはガーゼをしたホッペを触った。
あたし、稜くんの側にいない方がいいのかな？
もし稜くんの側にいなかったら、こんな目に遭わなくてよかったんじゃないかな。
そんなことを考えるなんて、あたし最低だ。
あたしは首を左右に振った。
稜くんは何も悪くない。
『有沢くんのせいじゃないわ』
伊波先生の言葉が過《よぎ》る。
伊波先生は、稜くんのことをよく分かってる。
理解しようと頑張ってる。
なのにあたしは、稜くんを理解出来てなくて
黒い感情が渦巻いてる。
最低だ。

伊波先生、言ってたじゃん。
あたしから稜くん奪うつもりないって。
信じなきゃ。
伊波先生も稜くんも。
二人はあたしを裏切らない。
あたしは「よしっ」と気合いを入れて背伸びをした。
お腹すいたなぁ。
もうそろそろご飯かな。
そんなことを考えていると、みんなが帰って来た。
あたしの姿を見た瞬間、芽依があたしに抱きついた。
「芽依？」
「よかった!!　唯が無事でよかった!!」
芽依の肩が震えている。
あたしは芽依の背中をさすった。
「ありがとう、芽依。心配してくれて」
「当たり前じゃん!!　あたしのこと、助けてくれたもん!!」
「そっか。ありがとう」
芽依に笑いかけて、あたしは稜くんと舜くんを見た。
舜くんは芽依同様に走って来て、芽依同様に抱きついてきた。
芽依がビクッとする。
それもそのはず。
舜くんは芽依ごとあたしに抱きついてきたのだから。
絶対舜くん、あたしに抱きつく目的じゃない。
芽依に抱きつく目的だ。
「舜くん。少なからず、あたしをダシに使ったよね」
「何のこと？　俺、ゆーちんのこと超心配したんだから」
「何その棒読み。なんかムカつくよ」
「ザキちゃん超やらかい」
「舜くん、変態」
あたしが苦笑いしてると、舜くんが物凄《ものすご》い勢いで離れた。

舜くんの襟首を掴《つか》む稜くんが呆《あき》れ顔で舜くんを見ている。
「お前な、過激な愛情表現は身を滅ぼすぞ」
「なんだよ稜!!　ザキちゃん柔らかかったのに!!」
「キモイって」
あたしは二人の会話を苦笑いで見ていた。
すると、稜くんがあたしの前にツカツカ歩いてきた。
不思議に思って稜くんを見ていると、目の前に来た稜くんがあたしの顔のガーゼに手を伸ばした。
辛《つら》そうな顔してる。
どうしてあたしは稜くんにこんな顔させるのかな？
いつもそうだ。
あたしは彼女失格なのかもしれない。
あたしは稜くんをずっと見つめた。
すると、辛そうな顔のまま稜くんが口を開いた。
「唯、ごめんな」
「稜くん？」
「絶対唯のこと守るなんて言っときながら、全然守れてねぇ……」
「ううん。稜くんは悪くないよ。何にも悪くない」
そう言うと稜くんが唇をかみしめた。
「唯、ごめん。もう、無理だ」
「え？」
稜くんがいきなり怖い顔をした。
思わずビクッとする。
そのまま稜くんがみんなを振り返った。
「唯と山崎にこんなことしたの、誰？」
みんながシンと静まる。
あたしは稜くんの腕を掴んだ。
「稜くん!!　あたし、大丈夫だから!!　もう気にしてない!!」
「唯が気にしてなくても、俺が気にする」

稜くんがあたしの肩を掴んだ。
同じ目線になるように稜くんが屈む。
あたしは稜くんの目を真っ直ぐ見つめた。
「唯、お前何されたか分かってる？」
「え？」
「顔にこんな傷つけられて、体中蹴られて、それなのに気にしてないっておかしいだろ？」
確かに稜くんの言う通りだ。
気にしてないなんて嘘。
本当は、あの時いた女の子達の顔を見ると震えが止まらない。
だけど
あたしが稜くんにあの女の子達のことを言ったら、あたしはあの女の子達を傷つける。
好きな人に軽蔑されることほど怖いものはないから。
心に傷をつけることになる。
それは違うでしょ？
そんなことしたら、結局あたしはあの女の子達のようになってしまう。
あたしは首を左右に振った。
「もういいの」
「でも、謝られてねんだろ？」
「あたしは謝ってほしいわけじゃない」
「でも……」
「本当に大丈夫。この傷は、芽依を守りきった勲章みたいなもんだよ」
あたしは稜くんにニッコリ笑いかけた。
そんなあたしを、稜くんがガバッと抱きしめた。
「ほあ⁉　稜くん⁉」
「あんまり無理すんなよ。何かあったら、今度こそ唯のこと助けてやるから」

稜くん……。
あたしは稜くんの背中に手を回した。
そんなあたしの後ろで、咳《せき》ばらいが二つ。
振り返ると、芽依と舜くんが冷めた眼差しを向けていた。
冷たい。
なんか冷たい人達がいる。
「何？　妬いてんの？　それなら山崎と舜もやればいいじゃん」
「稜くん⁉」
稜くんの突拍子もない言葉に、あたしは目を丸くした。
そんな稜くんの言葉に舜くんが動いた。
いきなり芽依に抱きつく舜くん。
舜くんの行動に芽依が雄叫びをあげた。
「きゃあぁぁあぁぁ⁉」
そのままぶっ倒れる芽依。
あたしと稜くんは苦笑いで二人を見るしかなかった。

時間は経ち、夜になった。
今日一日、ずっと稜くんが側にいた。
でも、稜くんを見てると胸が苦しくなる。
伊波先生とのあの場面。
頭にちらついて嫌気がさす。
あたしは伊波先生を見た。
他の生徒と仲良く話してる。
あたし、伊波先生のこと信じていいのかな。
あたしから稜くんを奪うつもりないって言ってた伊波先生を。
あたしは首を左右に振った。
ダメだ。
これ以上考え込むと、真っ黒い感情が胸にうずまく。
そんな醜《みにく》い自分を見たくない。

あたしは自分の頬をパンッと叩《たた》いて気合いを入れた。
「ねぇ、唯？」
「どうしたの？　芽依」
あたしの隣でさっきまで花占いをしていた芽依が、あたしの肩を叩いた。
芽依を見ると、ある場所を指差している。
指の先を辿ると、稜くんと雪くんが二人でどこかに行こうとしていた。
どうして二人が一緒にいるの？
どうして二人とも、怖い顔してるの？
「芽依、ごめん」
「唯？」
「あたし、二人のとこに行ってくる」
「でも唯、そんなことして大丈夫なの？」
「わかんない。でも、嫌な予感がするから。だからごめん!!」
あたしは二人を追うために走り出した。
どこ行ったのかな。
たしか、こっちに来たような。
しばらく森の中を歩くと、二人の声が聞こえた。
あたしは茂みに隠れて様子を伺う。
あ。
見つけた。
真剣な顔で、雪くんが口を開く。
「唯ちゃんのこと、大事なんじゃないの？」
あたしのこと話してる？
雪くんの質問に、稜くんが真剣な顔で答えた。
「大事。めちゃくちゃ大事に決まってんじゃん」
「じゃあなんでだよ……」
「本間？」
「なんで唯ちゃんはあんな傷だらけなんだよ!!」

雪くんの大声にビクッとする。
風がサッと吹いた。
「大事なら、なんで唯ちゃん守ってやれなかったんだ‼」
「……唯がケガしたのは、間違いなく俺の責任だ」
違う。
稜くんのせいなんかじゃない。
あたしはフルフルと首を振った。
「でも、もう二度と唯を傷つけない。必ず守ってやる」
稜くんの強い言葉に胸が高鳴る。
だけど、雪くんは真っ直ぐな稜くんの目を
憎しみの篭った目で見たんだ。
雪くんのその目に、ビクッとする。
雪くんがあんな顔するなんて……。
すると雪くんが憎しみの篭った声で言った。
「唯ちゃんが、どれだけ今まで我慢してきたか、分かる？」
「え？」
あたし？
稜くんとあたしは雪くんの言葉に首を傾《かし》げた。
「他の女の子に囲まれてても何もいわず、自分が不釣り合いだって理由をつけて辛そうにしてる唯ちゃんを、もう見てられない」
雪くんが何を言いたいのか、あたしには理解できなかった。
だけど、次の言葉を聞いて理解することになる。
「有沢くんといれば唯ちゃんは辛い顔しかしないんだよ。有沢くんは、唯ちゃんといない方がいい」
え？
雪くんの言葉に目を見開く。
待って。
あたし、そんなこと思ってない。
辛いなんて、考えたことない。

無意識のうちに、あたしは二人に近づいていた。
二人があたしを見て驚きの顔を見せる。
「唯‼」
「唯ちゃん‼」
「……意味、わかんないよ…」
あたしは雪くんを泣き出しそうな顔で見た。
雪くんはあたしから目を逸らす。
「稜くんといると辛いなんて、思ったことない……」
「でも、唯ちゃん……」
「勝手なこと言わないでよ‼」
「唯ちゃん……」
雪くんがあたしを見て悲しそうな顔をする。
「稜くんがみんなに好かれるのは仕方ないの‼
カッコイイし頭いいし運動神経いいし優しいし、王子様みたいなんだもん‼」
「じゃあどうして⁉　どうして唯ちゃんは時々悲しそうな顔をするの⁉」
雪くんの言葉にハッとした。
あたし、時々悲しそうな顔してるの？
あたしはギュッと下唇を噛み締めた。
「そうだとしても、それは雪くんに関係ないよ‼」
「関係ある‼」
「どうして⁉」
「好きだから‼　唯ちゃんが好きだからだよ‼」
一瞬、思考が停止する。
雪くん、なんて？
「好きな子の悲しい顔見たら、普通助けたいって思うだろ⁉」
雪くんは あたしを助けようとしてくれてるの？
嬉《うれ》しい。
嬉しいよ。

でも……
「あたしは助けて欲しいなんて、思ってない」
「唯ちゃん!!」
「今でも十分満足してる!!　稜くんはあたしを大事にしてくれてるよ!!　助けなんてほしくない!!」
あれ？
なんで あたし泣いてるの？
「雪くんにはわからないよ!!　あたしがどれだけ必死に稜くんをつなぎ止めようとしてるか!!」
泣く必要なんかないのに。
勝手に涙が溢《あふ》れて零《こぼ》れる。
「離れたくない、嫌われたくない!!　どれだけ必死か、雪くんは知らないから言えるの!!」
雪くんの言葉に混乱してるの？
「あたしが稜くんに不似合いなのは知ってる!!　自分でも痛いぐらい分かってる!!」
それとも
本当に苦しいと思ってるから？　助けてって思って泣いてるの？
「だから努力してる!!　一日でも、一秒でも早く、稜くんに似合う女の子になりたいって!!」
「どうしてそこまで……」
「好きなの!!　大好きなの!!　離れたくないの!!　ずっと一緒にいたいの!!　だから、あたし……っ!!」
その後の言葉は、後ろから稜くんに抱きしめられて言えなかった。
稜くんが口を開く。
息が耳元に当たってくすぐったい。
「ごめん、本間」
「有沢くん……」
「唯のこと、手放せねぇ」

「でも!!」
「たとえ唯を傷つけることになったとしても、俺は離れたくないんだ。
見た感じ、俺はチャラチャラしてる。今まで、遊びでしか女と付き合ってなかった。
でも唯は違うから。俺の最初で最後の本気になった相手だから。
だから、本間が唯を好きだとしても、俺は手放すことはしない」
稜くんの腕に力が入る。
涙がポロポロ ポロポロ止まらない。
ねぇ 稜くん。
あたし、稜くんのことが好きなの。
大好きなの。
離れたくないの。
だから、あたし
稜くんのことしか考えられないんだよ。
どうしよう。
もっと好きになる。
好きが積もると、あたしはどうなってしまうのかな？
あたしは稜くんの腕をギュッと掴《つか》んだ。
「本間が、唯は俺と一緒にいる方が幸せになれるって思えるように、ちゃんと頑張るから」
後ろで稜くんが笑った気がした。
雪くんは小さくため息をつくと、両手を挙げた。
「わかった。降参。唯ちゃんがそこまで有沢くんを好きなのは誤算だったよ」
「雪くん……」
「でも、覚えといて。有沢くんが唯ちゃんを傷つけたら、その時は遠慮なく唯ちゃんを奪うから。
唯ちゃんも、有沢くんといるのが苦しくなったらいつでもおいで。いつでもスタンバってるから」
「そんな!!」
「俺は勝手に唯ちゃんを好きでいる。好きな気持ちは、簡単には消えないからね」
そう言って雪くんがあたしの顔に手を伸ばした。
「だから、自分が俺を傷つけてる、なんて思わないで。唯ちゃんに傷つけられるなら、万々歳」
雪くんはニコッと笑って、あたしに軽くキスをした。
思わず目を見開いて口を両手で押さえる。
雪くんは爽《さわ》やかに去って行った。
キス、されちゃった……。
真っ赤になって呆然《ぼうぜん》としていると、稜くんに後ろを向かされた。
稜くんの顔が物凄い近くにある。
あれ？
稜くん、ちょっと怒ってる？
「稜くん？」
「何、隙作ってんの？」
「え？」
「キスなんて、されてんじゃねぇよ」
「稜く……っ!!」
稜くんに噛み付くようなキスをされる。
すると、ヌルッとしたものが口の中に入ってきた。
間違いない。
稜くんの舌だ。
「んん……っ!!」
稜くんの舌はあたしの口の中で好き勝手に暴れまくる。
頭がボーッとする。
体が震えた。
稜くんはあたしの腰や頭を掴んで更に深くキスをする。
頭の芯まで稜くんに支配されそう……。

腰が砕けそうになった時、稜くんがあたしから口を離した。
稜くんとあたしの間に銀色の糸が引く。
あたしは息を思い切り吸い込んだ。
「ヤバい。歯止めがきかない」
「え……？」
「もう限界。唯、俺のもんになって？」
「え？　どういう……」
稜くんはそう言って、あたしの手を掴んで歩き出した。
着いたのは、あの倉庫。
倉庫の中に入ると、稜くんが内側から鍵をかけた。
暗い密室で二人きり。
あたしの心臓は騒がしく鳴り響いていた。

初めて

稜くんと付き合って
あたしはたくさんの『初めて』をもらった
そんな初めてを
また稜くんからもらうことになるんだね

なんなんだ。
この状況。
暗い密室で二人きり。
稜くんの『俺のもんになって』発言。
あたしはいったい、どうしたら……。
内心オロオロしていると、稜くんに手を引っ張られて抱きしめられた。
「稜くん!!」
「俺、もう不安なんだ」
「え？」
「他の誰かに唯を奪われそうで。気が気じゃない」
「あ……」
そう言って稜くんがあたしの首筋にキスをした。
ピリッとした痛みと、ゾクッとする体。
あたしの口から甘い吐息が漏れた。
「んっ……」
「唯、可愛い」
稜くんがいきなりディープキスをする。

いつものキスじゃない。
クラクラする。
キスをしてる最中に稜くんの手が服の中に入ってきた。
あたしは驚いて稜くんの手を掴《つか》んだ。
「んっ‼　んはっ‼　稜くん、ダメ……っ‼」
あたしの言葉を遮るようにキスをする稜くん。
あたしはそんなキスに酔ってしまって、簡単に稜くんの手を離してしまった。
ダメなのに。
こんなこと、してちゃダメなのに。
なのに、どうして？
もっと稜くんに触ってほしい。
めちゃくちゃに壊してほしい。
稜くんの唇がようやくあたしの口から離れた。
稜くんの手は、あたしの服の中でお腹や腰を撫《な》でてる。
あたしは稜くんを見てピクッとした。
「唯……」
稜くんが切なそうにあたしの名前を呼ぶ。
そんな顔で、あたしを見ないで。
そんな声で、名前を呼ばないで。
もう、止まらないよ……。
あたしは頷《うなず》きながら稜くんに笑いかけた。
稜くんは一瞬目を見開いて、直ぐにいつもの優しい笑顔を向けてくれた。
「ちゃんと、優しくするから」
「うん……」
「本当に嫌だったら、思い切り突き飛ばして」
「うん……」
あたしが頷くと、稜くんはあたしの服を捲り上げて胸を掴んだ。
「あっ……」

「可愛い、唯」
「ごめん……あたし、貧乳で……ふあっ」
「そんなの気にしない。別に俺、巨乳好きじゃないし」
そうだとしても、あたしは気にするよ!!
こんなことになるなら、巨乳になる体操でもしとくんだった。
だんだん真っ白になっていく頭で、あたしはそんなことを考えていた。
でも
それから先は、もう何も考えられなかった。
ただ ただ 気持ち良くなって
真っ白になって
フワフワ フワフワ
どこかに堕ちていきそうで……
何ともいえない快感があたしの体を何度も走り抜けていく。
自分がどうしたらいいか
どうしたら理性を保てるか考えたけど
稜くんがくれる快感には どれも勝てなかった。
「ん……や……稜…くん」
「本当に嫌だったら、突き飛ばしてって言ったじゃん」
ずるいよ 稜くん。
あたしが嫌じゃないの知っててそう言うなんて。
体に電流が流れたような感覚。
それは初めて経験する甘い痺れ。
荒く息をするあたしを優しく稜くんが見つめてる。
「ずるーい。唯ばっかり気持ちいい顔しちゃって」
「ち…が……それ…稜…くんの……せい……」
「うん。だから俺も、気持ち良くなっていい?」
稜くんがそう言った瞬間、下半身に物凄《ものすご》い痛みが走った。
涙がこぼれ落ちる。
痛い。

痛いよ。
エッチって、こんな痛みを我慢してまでしなきゃいけないの？
あたしは稜くんの背中をギュウッと抱きしめた。
「ごめん……唯……痛いだろうけど…もうちょっと…頑張って……」
稜くんが辛《つら》そうに顔を歪《ゆが》めて言う。
なんて、色っぽいの。
この顔をさせてるのは、あたしなんだ。
この体も、息遣いも、今はあたしだけのもの。
今の稜くんは、全部あたしだけのものなんだ。
「全部……入った。大丈夫？　辛く…ない？」
「はぁ…はぁ…うん……」
稜くんがゆっくり腰を引く。
その時、さっきの痛みがまたあたしに襲い掛かった。
だけど、凄く不思議。
あんなに痛かったのに、何回か稜くんが腰を引いたり戻したりしてるうちにまた快感が襲ってきた。
さっきとは比べものにならないぐらいの快感。
もう、気持ち良すぎて変になる。
「稜…くん……!!　怖い…!!　何か……くる…!!」
「それで…いいから…っ。もっと……感じて…っ」
稜くんがあたしを抱きしめるようにする。
その時、稜くんがあたしに囁《ささや》いた。
「唯……『稜』って…呼んで……」
「稜……くん……っ」
「ダメ……」
「稜くん……っ」
「くん付け…禁止……」
「ふああ!!　稜!!!」
「よく…出来ました……っ!!」

褒《ほ》められた瞬間、あたしの体は激しく波打って
稜くんは腰を引いた。
稜くんがあたしにもたれ掛かる。
二人とも息が荒い。
あたしは激しい脱力感に襲われて、何も考えられなかった。
「唯、ごめん。俺、無我夢中だったから、初めてがこんな場所になっちゃったけど……」
「ううん。あたし、稜くんとエッチ出来て嬉《うれ》しかったから。場所なんて関係ないよ」
「違う」
「え？」
「『稜くん』じゃない。『稜』だろ？」
あたしの顔が真っ赤になる。
ちょっと恥ずかしかったけど、頑張って口を開いた。
「稜……」
「もう一回」
「稜……」
「うん」
「稜、大好き……」
「俺は、唯を愛してる」
そう言って稜は、あたしにキスをした。
いつも稜はあたしに初めてをいっぱいくれる。
恋の苦しみ。
恋の幸せ。
友達の温かさ。
いっぱい いっぱい
数え切れないぐらい、初めてをくれる。
そんなあなたに、あたしは何をすればいい？
何をすれば、あなたに返せる？
たくさんの『ありがとう』を

君にプレゼント出来ればいいのにな。
そう思いながら、あたしのまぶたは下がった。
幸せな夢を見たんだ。
あたしの周りにいる人達がみんな笑ってて、あたしと稜を祝福してくれる夢。
おめでとう
みんなから その言葉が飛び交う。
あたしと稜はね？
ウエディングドレスとタキシードを着て、教会のレッドカーペットを歩いてるの。
稜は優しく笑いかけてくれて、あたしは稜の腕に引かれて幸せな青空の下を歩くんだ。
いつか、現実になればいいな。
あたしは笑みを零《こぼ》して、稜の名前を幸せな気持ちで呟《つぶや》いた。
ずっと、こんな時間が続きますように。
そう祈って。

看病

稜といると
ドキドキ ドキドキ
心臓が壊れるぐらい高鳴って
甘い息苦しさを覚えるの

朝 目が覚めると、そこはテントの中だった。
横を見れば ぐっすり眠る芽依。
あれ？
あたしいつの間に帰ってきたんだ？
いや。
そもそも、昨日の出来事は夢だったのかな？
そう思って起き上がると、腰に激痛が走った。
いった!!
何⁉
涙目で痛みを堪えていると芽依が起きた。
「おはよう、不良娘」
「不良娘⁉」
「昨日、唯が二人を追いかけて行ってからなかなか帰って来ないから心配してたら、有沢くんが唯を抱えて帰って来るんだもん。
一体、どこで何をしてたのかな？」
芽依の言葉に目を見開く。
やっぱり、昨日のことは夢じゃない。

全て現実なんだ。
あたしは芽依の両手を握った。
「心配かけてごめん。あたし昨日、稜とエッチしてたの」
あたしの赤裸々発言に芽依が目を丸くする。
それから優しく笑ってくれた。
「そっか。好きな人とエッチするって、幸せなことだもんね」
「うん」
「良かったね!!　おめでとう!!」
「うん!!　ありがとう!!」
「有沢くんを呼び捨てにしてる時点でラブラブなのを理解したよ」
芽依が遠い目をする。
それから芽依にあれこれ聞かれながら、着替えた。
外に行くと舜くんに肩を揺らされてウンザリしてる稜がいた。
そんな二人を見て芽依がボソッと呟《つぶや》いた。
「唯は本当に好きな人とエッチ出来ていいな……」
「え？」
あたしが聞き返すと芽依がハッとしたように歩き出した。
芽依、まだ援交してたこと気にしてるのかな。
『自分は汚いから舜くんと釣り合わない』
とか思ってるのかな。
そんなことないのに。
舜くんは、そんなの気にしてない。
そのままの芽依を好きでいてくれてるのに。
あたしは小さくため息をついて芽依のとこに走った。
稜と舜くんの側に行くと、二人がこっちに気づく。
稜よりも早く舜くんがあたしの肩を掴《つか》んだ。
「ゆーちん!!　稜なんかに!!　稜なんかにゆーちんの貞操が奪われて!!」
「わあぁぁあぁぁ!?　舜くん声大きいよ!!」

「真っ白なゆーちんを、純白なゆーちんを、この変態鬼畜野郎が汚したんだ‼」
そう言って舜くんが稜を指差す。
稜はため息をついて舜くんからあたしを離した。
「いいんだよ。唯を汚していいのは俺だけなんだから」
稜があたしを後ろからギュッと抱きしめた。
あたしは前に回された稜の手をキュッと掴んだ。
あたし、この人と昨日エッチしたんだ。
そう思うとなんだか恥ずかしくなってきた。
でも
昨日のおかげでなんか、色んな不安が飛んだ気がする。
稜はあたしのだって、自信もって言える。
あたしは自然と微笑んでいた。
「葉月くん、唯もこんな幸せそうな顔してるんだし」
芽依の言葉にハッとする。
あたし、自然と顔が緩んでいたんだ。
だんだん赤くなる顔であたしはうつむいた。
「真っ赤になって、ゆーちん可愛い‼」
「ちょっ‼　舜くん‼　冷やかさないで‼」
真っ赤になったあたしの顔を、稜が手で覆《おお》った。
「稜？」
「たとえ舜でも、唯のこんな顔見せたくない」
胸がキュンとする。
あたし、大切にされてる。
そう実感できる。
あたしは稜の方を振り向いて思い切り稜に抱きついた。
「唯⁉」
「稜の匂い、あたし大好き」
「唯、嬉《うれ》しいんだけど、そんなくっつかれると我慢出来なくなる」

「我慢、しなくていい」
「あー、もう。唯可愛すぎ」
そう言って稜があたしにキスをした。
周りがあたしと稜を見て騒ぐ。
口が離れると稜がみんなを振り返った。
「唯は俺のだから。手ぇ出したら殺すよ？」
稜の言葉に周りがうるさくなる。
悲鳴をあげる女子。
目を輝かせる男子。
あたしは稜の腕を掴んだ。
嬉しかった。
ようやくみんなに我慢しないで付き合ってることが言えることが。
稜があたしを大切にしてくれてることが。
あたしは稜の腕の中で微笑んだ。
そんな風に幸せに浸っていると、時間はみるみる過ぎていって直ぐに帰る時間になった。
バスに乗ると横に座るはずだった芽依が舜くんに捕まっていた。
「ザキちゃあ〜ん。俺と一緒に座ろうよ」
「ちょっ!!　葉月くん!!　近い!!」
「またぁツンツンして。本当はデレッとしちゃうんでしょ？」
「意味わかんないんだけど!!」
「これぞツンデレ!!　ザキちゃんのそんなとこ、可愛すぎ!!
こぉの小悪魔め!!」
「助けて!!　唯!!　心っ心臓が!!」
芽依があたしに向かって手を伸ばしている。
あたしは芽依に抱きつく舜くんを苦笑いで見た。
すると稜があたしの手を繋《つな》いだ。
「山崎、諦めて舜と座ってくれる？」
「稜？」

「俺、唯と座りたいなぁって。ダメ？」
稜が首を傾《かし》げてあたしを見る。
ずるい。
ずるいよ、稜は。
あたしは恨めしそうに稜を見た。
「そんな聞き方ずるいよ……」
「だって、唯とずっと一緒にいたいから」
そう言って稜はニコッと笑った。
その笑顔に悩殺されたあたしは、稜に手をギュッと握られてうつむいた。
舜くんに強制的に座らされた芽依は、バスが発車してから気絶した。
それから２時間。
学校に着いて、先生の話を聞いて、解散になった。
あたしと稜は手を繋いで一緒に帰る。
何だろう。
稜と、なんだか距離が縮まったみたい。
おかしいな。
この距離は全然変わってないはずなのに。
あたしは首を傾げてアゴに手をあてていた。
すると、目の前に綺麗な整った顔が。
「唯？」
「わっ‼」
いきなりの稜のドアップに思わずのけ反る。
そのままあたしは地面にへたり込んでしまった。
「唯⁉　大丈夫か⁉」
「あ……」
立ち上がろうとするけど、何故《なぜ》か足に力が入らない。
あれ？
なんかガクガクしてる？

痙攣を起こしてるような足を片手で触って、あたしは稜を見上げた。
「立てない……」
「は？」
「力が、入らないの……」
あたしの言葉に目を丸くして、稜がしゃがんだ。
「唯、腰痛くない？」
「え？　まぁ、朝よりは楽だけど……」
「そっか」
そう言うと稜はあたしをお姫様抱っこして持ち上げた。
え？
えぇ？
「りょっ稜⁉」
「ジタバタしない。落ちるよ」
ジタバタするなって言われても‼
するに決まってんじゃん‼
どうしよう。
どうしよう。
心臓が、ハンパないぐらいドキドキしてる。
恥ずかしくてうつむいていると、稜が立ち止まった。
不思議に思って顔をあげると、あたしの家が目の前にあった。
「ごめん‼　稜‼　こんな状態で送ってもらっちゃって……」
「送るっていうか、そうじゃないんだよな」
「え？」
稜の言葉に聞き返すと、稜はニコッと笑ってインターホンを押した。
「はーい、どなた……って、稜くん⁉　あらっ‼　どうしたの、唯⁉」
お母さんは玄関の扉を開けた瞬間、目を丸くしてあたしと稜を見た。

「すいません。唯の看病させてもらっていいですか？」
「看病？　唯、どこか悪いの？」
「違うんです。昨日、俺が唯に無理させたから……」
「まぁ!!　ついに⁉　あら、やだ!!　今日の晩御飯はお赤飯にしなきゃ!!」
「ちょっと!!　お母さん⁉」
お母さんは財布を取り出して家を飛び出した。
どうしてわかったんだろう…。
ていうか、ちょっと大人の階段登ったぐらいで赤飯って……。
結婚するって言ってるわけじゃないのに……。
あたしはため息をついて稜を見た。
「あの、とりあえず家に入ろ？」
とりあえず家に入ると稜はあたしを下ろした。
部屋に一緒に入ると、いきなり稜がベッドにあたしを押し倒した。
「稜⁉」
「んー。唯の家族誰もいないし、とりあえず愛を育みたいなって」
「とりあえずって!!」
「言ったじゃん。俺は唯を愛してるって。だからその愛を、体で表現したいなって」
「しなくていいよ!!　充分伝わってるよ!!」
真っ赤になって首を振っていると、突然稜が首筋にキスをした。
「ひゃう⁉」
「昨日の今日で我慢させられるなんて、耐えらんない。もっと唯に触れたい。せっかく距離が縮まったんだから」
「あ……」
稜も、距離が縮まったって思ってたんだ。
あたしはフンワリと微笑んだ。
「稜になら、何回抱かれてもいい」

そう言って両手を伸ばすと、稜が激しくキスをした。
そのままあたしは稜と熱い時間を過ごした。
しばらくして目が覚めると、目の前で優しく笑う稜がいる。
あたしは気恥ずかしくなって布団を鼻のところまで隠した。
「えっと……」
「ごめんな。二回目なのに、激しくしちゃって」
「ううん。Sな稜、かっこよかった」
「そういう可愛いこと言うから襲いたくなんだよ」
稜がため息をつきながらあたしの頭を少し乱暴に撫《な》でた。
「体、大丈夫？」
「ちょっとしんどいけど、大丈夫」
稜に笑いかけると稜も優しく笑ってくれた。
幸せだな。
こんな時間がずっと続けばいいのに。
そう思いながら稜を見つめた。
「俺、唯のことすっげえ好きだよ」
「⁉　いきなり何⁉」
「なんか急に言いたくなって。言葉じゃ表せないぐらい好きだし愛してる。
ていうか、むしろ唯を今すぐさらいたいぐらい」
真っ直ぐ見てくる稜の目を、あたしは熱っぽく見た。
口が勝手に動く。
「稜になら、さらわれてもいいよ？」
「え？」
あたしはギュッと稜に抱きついた。
「むしろ、稜を他の誰かに見せたくない。あたしだけの稜でいてくれたらそれでいい。
この体温も、その笑顔も、全部あたしだけのもの。
大好きだから、誰にもとられたくない。渡したくない」
あたしは更に稜に抱きついた。

稜があたしの頭を撫でる。
「俺だって、唯のこと渡したくない。こういう可愛い顔も仕草も全部俺の、だろ？」
あたしの顔を覗《のぞ》き込むように、稜が優しく微笑んだ。
単純なあたしは、そんな稜の言葉に心が満たされていくのを感じていた。
「あのさ、唯」
「え？」
「俺達、今裸じゃん？」
「うん」
「なんつーか、胸、当たってて、理性抑えんのヤバイっていうか……」
そうだ!!
あたし、おもいっきり押し当ててた!!
真っ赤になりながら稜から離れる。
稜も真っ赤になってあたしから顔を逸らした。
「えっと……、とりあえず着替えるか」
「そっ、そうだね」
二人とも無言で着替える。
あたしのバカ!!
恥ずかしいセリフ言って、恥ずかしい行動とって
恥ずかしいことだらけじゃない!!
おもいっきり押し当てるとか……
変態……。
あたしは稜の腕をそっと掴《つか》んだ。
「ごめんなさい。わざとじゃなくて、無意識にしてたっていうか……。
悪意はないの!!　だから……嫌いにならないで……」
泣きそうになりながら言うと、稜はあたしの制服のボタンに手を掛けた。

「大丈夫。嫌いになんかなるかよ。ていうか、ボタン掛け違ってる」
「え⁉」
「どんだけ急いでんだよ」
稜が噴き出す。
あたしはドキドキしながら稜の顔を見つめた。
やっぱり稜はカッコイイな。
優しいし、キスもエッチも上手い。
いつもリードしてくれる。
あたし、この人を好きになって良かった。
あたしは稜の手を掴んだ。
「あの日、図書室にいて良かった……」
「唯？」
「出会えて良かった……」
時々思う。
あの日稜と出会わなければ、あたしはどんな運命を歩んでいたのかなって。
好きって気持ちも、側にいて温かい気持ちも、友達の大切さも絶対知ることはなかったんじゃないかって。
稜に出会えたから、だから今のあたしがいて
たくさん稜が色んな気持ちを教えてくれたから、あたしは笑っていられるんだ。
良かった。
あの日、稜も図書室にいてくれて。
あたしがはにかむと、稜があたしを抱きしめた。
「俺も、唯に出会えて良かったよ。あの日図書室で寝てて良かったって、唯に出会ったから思った」
「稜……」
「俺に、離れたくない、守りたい、手放したくないって気持ち教えてくれたの、唯だから」

稜の腕に力が入る。
あたしもキュッと稜の制服を掴んだ。
「ずっと稜が側にいればいいのに……」
「俺も唯の側にいたい」
「24時間ずっと離れたくない」
「んー、じゃあさ。今度お泊りデートすっか」
「お泊りデート？」
「山崎と舜も誘って、な？」
稜の優しい笑顔にあたしの首は自然と動いていた。
それから稜はあたしの側にずっといてくれて、優しく看病してくれた。
腰を撫でてくれる手つきに感じたことは内緒だけど。

芽依と舜くん

月日は流れ
もうすぐ夏休み。
相変わらず、というかオリエンテーションキャンプで距離が
縮まった稜とはラブラブで。
そんなあたし達じゃなく、今回は芽依と舜くんの話

朝、学校に行くと芽依が抱きついてきた。
何故《なぜ》か半泣きで。
あたしは目をパチクリさせて芽依を見た。
「どうしたの？　いきなり……」
「葉月くんが……葉月くんが……」
「舜くんが？　どうしたの？」
そう聞くと、芽依の目から涙が零《こぼ》れた。
「芽依⁉」
「山崎？　どうしたんだ？」
心配そうな稜に芽依が口を開く。
「有沢くん……葉月くんって、女の子遊び激しい？」
「え？」
「芽依？」
芽依が唇を噛んであたしの制服を掴《つか》んで震えた。
「葉月くん、知らない女の子とキスしてた……」
え？
芽依の言葉に頭が真っ白になる。

キス？
どうして？
だって舜くん、芽依が好きって……。
芽依があたしに縋《すが》り付くように泣いている。
そうだよね。
当たり前だ。
好きな人が別の誰かとキスしてたら、立ち直れないよ。
あたしは芽依の背中を撫《な》でて稜を見た。
「ごめん、稜。あたし、芽依のこと保健室に連れていくから」
「わかった。舜が来たら、とりあえず殴っとくわ」
「ううん。とりあえず理由聞こうよ」
「わかった。何かあったらメールしろよ」
そう言う稜に笑いかけて、あたしと芽依は歩き出した。
すると芽依があたしの制服をツンと引っ張った。
「芽依？」
「保健室はヤダ……」
「そんなこと言ったって、それ以外どこに……」
「屋上……」
「屋上？」
「空、見てたい……」
そう言って芽依があたしの手を引いて屋上まで歩いた。
屋上を開けると爽《さわ》やかな風が吹き付けてきた。
「あたし、屋上まで来たの初めて」
「そっか。唯は真面目だもんね」
あたしと芽依は屋上にねっころがって空を見上げた。
「芽依は来たことあるの？　屋上」
「うん。唯に出会う前はずっと」
「どうして？」
「ここ、気持ち良いでしょ？　屋上は嫌なこと全部忘れさせてくれる場所なの。

援交して、何もかも灰色がかった世界に、屋上に来て少しだけ色がついた。
空見てるとさ、気持ちが落ち着いていくのがわかるの」
「じゃあ芽依は、今落ち着いてる？」
そう聞くと芽依が顔を曇らせた。
「それがね？　何故か落ち着かないの。
葉月くんの笑顔が頭にちらついて、『あの女の子と付き合うのかな？』とか、『あたしを見てくれてたわけじゃなかったのかな？』とか、『葉月くんの優しさは全部気まぐれだったのかな？』とか……
そうやって考えてる自分が虚《むな》しくて、空見てても、悲しいままで……」
芽依の目からまた涙。
芽依は両手で自分の顔を覆《おお》った。
「バカだよね。あたしは葉月くんの何なんだって感じ。彼女じゃなくてただの友達なのに、ウザいよね」
「芽依……」
「でも、本当に好きだから。苦しいの。葉月くんを想えば想うほど苦しくなる」
「うん……」
「唯、恋って苦しいね……っ」
あたしは芽依を見てるのが辛《つら》くなって
芽依から目を逸らして空を見上げた。
雲が一定のペースで流れてる。
あたしの大切な芽依を苦しめた舜くん。
許せない。
許せないよ。
あたしは起き上がって教室に走り出した。
芽依を屋上に残して。
ちょうどＨＲが終わった頃にあたしは教室に入った。

一目散に稜の所に走る。
そんなあたしを稜が驚いて見た。
「どうした？　そんな慌《あわ》てて」
「舜くんは？」
「舜なら今日休みだけど……」
「じゃあ稜、舜くんの家教えて!!」
「は？」
「あたし、芽依を苦しめてる舜くんが許せない。だけど、芽依を好きだって言ってた舜くんを嘘だと思えない。だから、今から舜くんに確かめに行く!!」
稜はあたしの勢いに少し笑って、あたしの頭に手を置いた。
「唯は優しいな」
「え？」
「わかった。だけど、一人は許さない」
「え？」
「俺も行く」
そう言って稜があたしと稜のカバンを持った。
稜と二人で舜くんの家に行く。
舜くんの家はオシャレなマンションだった。
いわゆるデザイナーズマンション。
あたしはエントランスのインターホンで、舜くんの家の部屋番号を押した。
インターホン独特の音が鳴る。
すると
「はい」
舜くんがインターホンに出た。
「舜、俺」
「稜？　ちょっと待って。今開ける」
インターホンの近くの扉が開いた。
あたしは稜に手を引かれて舜くんの家まで歩いた。

家に着いた瞬間、ドアが開いた。
「稜!!　俺に会いに来てくれたの⁉　って、ゆーちん⁉」
「元気そうじゃん、舜」
「えっと……」
「唯がお前に話あんだって」
「ゆーちんが？」
舜くんはしばらくあたしと稜を見て、家に上げてくれた。
リビングに入った途端、我慢出来なくなって
あたしは舜くんの腕を掴んでいた。
「ゆーちん？」
「なんで？」
「え？」
「なんで芽依のこと好きなのに、芽依を傷つけるようなこと出来るの？」
あたしの言葉に目を見開く舜くん。
「ゆーちん、もしかして……」
「知ってるよ。舜くんが知らない女の子とキスしたこと。芽依が見たって言ってた」
「ザキちゃんが……」
舜くんの顔が曇った。
だんだんあたしも悲しくなってきて、目に涙が溜まる。
「ねぇ、芽依のこと好きなんでしょ？　どうしてキスなんて出来るの？」
「好きだからだよ……」
「は？　意味わかんな……」
「好きだから、条件呑《の》むしかなかったんだよ!!」
「え？」
舜くんが苦しそうに顔を伏せた。
「ゆーちんとザキちゃん、オリエンテーションキャンプで絡まれたじゃん」

「うん……」
「その一人に告られてさ。『付き合ってくれなきゃ、またあの二人を同じ目に遭わしてやる』って言われて……。
でも、ザキちゃんが好きなのに付き合うなんて出来なくて……。
ちゃんと断ったんだ。でも、『だったらキスして』って言われて。
『キスしたら諦めてくれる？』って聞いたら『うん』って言うから……。
だからキスしたんだ。ザキちゃんが好きなのに……」
苦しそうな舜くんに、何も言えなくて……
あたしはただ涙を流していた。
そんなあたしを優しく抱きしめてくれる稜。
あたしは舜くんに頭を下げた。
「ごめんなさい。そんな理由があったなんて知らずに、あたし、酷《ひど》いこと……」
「ううん。ゆーちんが悪いわけじゃない。あの時、あーしなきゃいけない状況をつくったのは俺だから」
あたしは首を左右に振った。
「舜くんこそ、何も悪くない!!　悪いのは、卑怯《ひきょう》なのは、その女の子だよ!!」
あたしの言葉に舜くんは目を見開いて、そっと微笑んだ。
その微笑みはなんだか痛々しくて……
気づけばあたしは舜くんの家を飛び出していた。
走って 走って
早く二人の誤解を解きたい。
早く二人の笑顔が見たい。
こんなにも想い合ってるのに
どうして二人が苦しまなきゃいけないんだろう。
二人は稜とのことでいつも協力してくれた。
ウジウジしてるあたしの背中をいつも押してくれる芽依。

いつだって笑わせてくれる舜くん。
大切だから。
二人が大好きだから。
だから
〈想いが通じ合いますように〉
あたしは屋上に駆け上がって扉を勢いよく開けた。
そこにはまだ芽依がいて
真っ赤な目をして、あたしを振り返った。
泣いて 泣いて 苦しんで
すれ違った二人の気持ちを繋《つな》げたい。
あたしは芽依の手を掴んだ。
「ねぇ!!　芽依はまだ舜くんが好き⁉」
「え……？」
「好きなら、舜くんに本当のこと聞こうよ!!」
「だけど……」
「怖いのはわかる!!　不安になるのもわかる!!
だけど、そこで逃げたら、１％でもある可能性を捨てちゃったら、すれ違ったまま終わっちゃうよ⁉
芽依はそれでいいの⁉　初めて気づいた『好き』って気持ち、簡単に諦めていいの⁉」
あたしの言葉に芽依の目から涙がこぼれ落ちた。
「…だよ……」
「え？」
「やだよ……諦めたくないよ……っ」
芽依がしゃくり上げながら伝えた言葉。
大丈夫。
そんな気持ちを込めて、あたしと芽依は走り出した。
目的地は舜くんの家。
舜くんのマンションの前には、稜と舜くんがいた。
二人が驚きながらあたし達を見る。

「ゆーちん、ザキちゃん？」
「誤解…したままはダメだよ……。お互いの気持ち…知らないで…このままなんて…嫌だよ…っ！」
息を整えながら一生懸命伝える。
すると舜くんが芽依に頭を下げた。
「ザキちゃん、ごめん!!」
「え？」
「ゆーちんから聞いた。俺がザキちゃん苦しめたって。本当にごめん」
「ううん!!　大丈夫だから!!　頭上げて、葉月くん!!」
芽依はそう言って舜くんに笑いかけた。
「あたし、葉月くんに謝ってもらうために来たんじゃないから。伝えたいこと、伝えに来たの」
「伝えたいこと？」
「うん」
芽依が笑った。
その笑顔は、今まで見た中で一番可愛くて綺麗だった。
そんな芽依が言った伝えたいこと。
「葉月くん、あたし、葉月くんが好きです」
「え？」
舜くんが目を見開く。
芽依は笑顔で続けた。
「葉月くんが側に来るだけでバカみたいにドキドキして、上手く話せなくて、いっぱい葉月くんを突き放すようなことしちゃってごめんなさい。
今回葉月くんが女の子とキスしてるところを見て、あたし思った。『あたしがあんな態度だったから、葉月くんに嫌われたんだ』って。
あたしは葉月くんの友達で、彼女じゃない。そんなこと、ちゃんとわかってた。わかってたはずなのに……

葉月くんが他の子とキスしてることに嫉妬した。『あたしはしてない』『葉月くんはあたしのだ』って、勝手な感情ばかり渦巻いた。
酷いね、あたし。気持ち悪いね。だから葉月くん。あたしのこと振ってくれていいから」
「ザキちゃん……」
「後悔しないよ。本当」
「ザキちゃん……っ」
「だってあたし、自分でも思うもん。気持ち悪……」
「芽依‼」
芽依の肩がビクッと震えた。
芽依を呼び捨てにした舜くんの顔は、少し怒ってるように見えた。
「なんで芽依は俺の話、聞かねんだよ……っ」
「葉月く……」
「俺がどんだけ我慢してたか、芽依、知らねぇだろ？」
「我慢……？」
「だいたい、気持ち悪いなんて思ってねぇよ‼　むしろ物凄《ものすご》い嬉《うれ》しい‼」
舜くんの手が芽依の頬に伸びる。
芽依の体が少しピクッとした。
「んだよ……。自分は言いたい放題言っといて、俺の気持ちは無視かよ……」
「あの……」
「確かに俺、昔はフラフラして情けなかった。だけど、芽依に出会ってからそんな自分とサヨナラしたんだ」
舜くんの目が、芽依の目を真っ直ぐ捉えて放さない。
芽依の潤んだ瞳が揺らぐ。
「稜の言ってた気持ち、ようやくわかった。手放したくない、離れたくない、ずっと一緒にいたい、今すぐどこかに捕まえて閉じ込めたい。
俺がそんな気持ちになるなんて、一体誰が想像した？
もう昔の俺には戻れない。他の子のことなんて考えられない。
だって、こんなにも
こんなにも芽依が好きなのに……」
「葉月くん……っ」
「振れるわけないじゃん。意地悪な言い方すんなよ」
「うわぁー!!　葉月くんー!!」
芽依が子供のように声を出して泣く。
そんな芽依を、舜くんが優しく抱きしめた。
「好きだよ、芽依。もう絶対離さないから」
「うんっ!!　うんっ!!」
「芽依、『舜』って呼んで？」
「しゅ…ん…っ」
「もう一回」
「しゅん…っ」
「もっと」
「舜……っ!!」
抱き合う二人が何だか微笑ましい。
あたしと稜は顔を見合わせて笑った。
その日の夜。
あたしは芽依と部屋で電話をしている。
芽依の声は弾んでいて、幸せな感じが電話越しに伝わってきた。
「あたし、初恋って絶対叶わないんだなって思ってたの」
「芽依程の美人を振る男なんているの？　絶対舜くんじゃなくても叶ってたよ」
「ううん。舜だから、頑張れたんだと思う」
「そっか。だって舜くん、芽依を助けるためにキスしたんだもんね。付き合う前からラブラブじゃん」
「それは嬉しいけど、やっぱり複雑。あたし以外にキスしてほしくないもん」
「確かに。だけど芽依、あのあと舜くんに『芽依で消毒』とか言われて何回もキスしてたよね」
「あれが頭からとろけるキスだと身を持って実感したよ」
「あたしと稜、何気に居づらくて困ってたんだから」
「それはいつもの仕返し。あたしがどれだけ唯と有沢くんのラブシーンを恥ずかしい思いで見てたか、ご理解頂けた？」
「うー……」
「えへへ。嘘だよ。
でも、イロイロありがとう。あたし、唯と友達になれて良かった」
「芽依ー……」
「アハハ。じゃあまた明日、学校でね」
「うん‼」
あたしは電話を切って天井を仰いだ。
芽依と舜くんのあんなシーン見たら、何だか稜がもっと愛しくなったな。
何だか、稜に会いたいな……。
そう思っていると、また電話。
ディスプレイには、あたしの思い描いていた人。
あたしはすかさず通話ボタンを押した。
「もっ‼　もしもし‼」
「あ、唯。今から大丈夫？」
「え？」
「今、唯ん家の前にいるんだけど」
「え⁉」
あたしは携帯片手に慌てて階段を駆け降りた。
玄関を開けると、大好きな稜が微笑んでいた。
「稜‼」
「来ちゃった」

「来ちゃったって……。とりあえず、どうぞ」
あたしは稜を玄関に上げて部屋に促した。
リビングでお茶を用意して、あたしも部屋に上がる。
部屋に入った途端、何だか稜に見とれてしまった。
稜ってオシャレだなぁ。
カッコイイなぁ。
そう思っていると、いきなり稜があたしの手を引いてキスをした。
「稜⁉」
「急にしたくなっちゃった」
「うー‼　そんな可愛い顔して言うの反則だよ‼」
稜はあたしの頭を撫《な》でながら笑った。
すると突然優しく笑う稜。
思わずドキッとした。
「俺、山崎と舜が一緒にいるの見て、何だか唯が愛しくなってきたんだ」
「え？」
「前も、今でも唯のこと愛してるし、気持ちは変わらないんだけど、何て言うか……
もっと愛しくなってきたんだ」
もっと 愛しく……
あたしは稜の手をギュッと握った。
それから真っ直ぐ稜の目を見て告げた。
「あたしも……」
「え？」
「あたしも、稜が今までよりずっと愛しくなった。
さっき、あたしも稜に会いたいなって思ってたとこだったの」
「すっげ。俺ら相思相愛？」
「何だか恥ずかしいね」
二人顔を見合わせて笑い合う。

幸せな時間。
ずっと ずっと
こんな時間が続きますように。
あたしは稜に抱きついた。
「なんか唯、大胆だな。今日」
「だって、芽依が頑張ったのに、あたしは何もしないなんて悪いもん。
だから今日は、思ったこと実行しようと思って」
「そんなことされると、我慢出来ないんだけど」
「稜も、思ったこと実行していいよ？」
「たとえそれがエロいことでも？」
「稜なら、全然平気だもん」
「あー。マジ殺し文句」
そう言って稜から熱いキスを受ける。
こんな平穏な時間が、終わりを告げるなんて
あたしは、夢にも思ってなかったんだ……

海水浴

夏休みになって、最初の稜とのイベント。
嬉《うれ》しくて 嬉しくて
今にも飛び立ちそうな勢いだ

彼氏が出来て初めての夏休み。
あたしはドキドキしながら駅でみんなを待っていた。
今日から一泊二日の海水浴。
稜と芽依と舜くんと一緒に行くのだ。
本当にお泊り旅行するなんて……。
あたしは真っ赤になって座り込んだ。
すると
「唯？」
優しい 大好きな声が上から聞こえた。
顔を上げると稜が心配そうにあたしを見ていた。
「稜!!」
「大丈夫か？　具合悪い？」
「ううん!!　大丈夫!!」
「でも座り込んでるし……」
「これは、緊張をほぐそうとしただけだから!!　全然大丈夫!!」
あたしは立ち上がってニコッと笑った。
稜もホッとしたように笑う。
思わずその笑顔にキュンとしてしまった。
やっぱい……。

カッコ良すぎるっ!!
だって、周りの女の子達が稜にくぎ付けだもん。
うっ……。
なんか嫌 かも……。
あたしは稜の手をキュッと握った。
「唯？」
「ちょっとだけ、このまま……」
「………」
稜は少し黙って、あたしの手を繋《つな》ぎ直した。
恋人繋ぎに。
心臓が跳《は》ね上がる。
あたしは稜を見た。
「あんま、可愛いことすんなよ。これだけで我慢しようとしてる俺、可哀相だろ？」
「えっと……」
「そんな顔すんなって。我慢、出来ないから」
そう言って笑う稜。
あたしは真っ赤になってうつむいた。
しばらくすると、芽依と舜くんが来た。
「唯、有沢くん。お待たせ」
「ゆーちん!!　休みにまでゆーちんの天使の微笑みが見られるなんて!!　俺は幸せです!!」
「ごめんね、唯。バカだけど、悪気はないから」
「おい、変質者。唯に変なことしたらたたき出すからな。電車から」
「死ぬ!!　死んじゃうよ!!　俺!!」
あたしはクスッと笑って三人を見た。
やっぱり、みんなといると楽しいな。
そう思っていると、稜があたしの手を引いた。
「行こ」

「うん‼」
あたしは笑顔で頷《うなず》いた。
キュッと手を握り返す。
稜は笑顔であたしを見てくれた。
その笑顔にキュンとしながらあたし達は改札機に向かった。
電車は意外と空いていた。
稜が手を繋いだままあたしの隣に座る。
その前の席に、芽依と舜くんが座った。
すると舜くんがいきなり窓の外を眺《なが》める子供のような格好に。
そんな舜くんの服を引っ張る芽依。
「舜、恥ずかしいからやめて」
「ほら、芽依‼　景色がビューッて‼　ビューッ‼」
「わかったから。やめて」
二人の掛け合いが面白くて、あたしと稜は顔を見合わせて笑った。
ようやく目的地に着くと、あたしは背伸びをした。
「空気が美味しいね‼」
笑顔で稜を振り向くと、稜も笑顔を返してくれた。
「やっぱり唯は可愛いな」
「え？」
稜があたしの手を繋ぐ。
あたしは真っ赤になって稜を見つめた。
そのままゆっくり歩き出す。
ズルイ。
最近、ていうかずっと前からだけど、何だか稜 積極的すぎてどう接したらいいかわからないよ……。
そう思いながら歩いていると、今夜泊まるホテルにたどり着いた。
「綺麗なホテルだね」
「お城みたい」

あたしと芽依はホテルをボケッと見た。
そんなあたし達の後ろで舜くんがガッツポーズをした。
「舜くん？」
「舜？」
「芽依が褒《ほ》めてくれた!!」
「いやいや。褒めたわけじゃないんだけど」
「ホテル選び頑張って良かったな!!　稜!!」
「お前が勝手に張り切ってただけだろ」
「稜も喜んでるよ、ゆーちん!!」
「えっと……」
喜んでるわけじゃないような……。
ちょっと返答に困っていると、芽依がため息をついた。
「唯のこと困らせてんじゃないわよ」
「はい。舜、野宿決定」
「芽依も稜も酷《ひど》くね!?　なんとか言ってよ、ゆーちん!!」
「あはは……」
もう笑うしか出来ない……。
とりあえずチェックインを済ませて、部屋に荷物を置いてから海で待ち合わせになった。
あたしと芽依は更衣室に水着やタオルなどが入ったカバンを持って着替えた。
この間お母さんと買い物に行って選んだ水着。
水玉模様のピンクの水着。
フリルが付いて、可愛いのは可愛いんだけど……
ちょっとぶりっ子過ぎないかな？
あたしは勇気を振り絞って、個室のドアを開けた。
鏡の前には黒いセクシーな水着を着た、ナイスバディな女の子が髪の毛をアップにしていた。
「芽依……」
「あっ、唯!!　超可愛いじゃん!!　その水玉ビキニ!!」

「芽依に言われると哀しくなるよ……」
「なんで⁉」
「どうせあたしは貧乳だよ……。芽依みたいに胸大きくないあたしがビキニなんて……」
「大丈夫‼　ちゃんと似合ってるから‼　卑屈にならない‼」
芽依に背中を押されて更衣室を出る。
ビーチには、既に着替え終わった舜くんと稜がいた。
稜、上半身 裸……。
って‼
当たり前だ、あたし‼
何 興奮してるわけ⁉
変態‼
ド変態‼
あたしは自分を戒めた。
芽依と二人に近寄ろうとすると……
―ドンッ―
大量の女の子達が二人目掛けて走って行った。
そのうちの何人かにぶつかってよろける。
芽依があたしを支えてくれた。
「大丈夫？」
「うん。それにしても、やっぱり二人とも凄《すご》いね」
「一瞬で見えなくなっちゃった」
あたしと芽依は人だかりを見ることしか出来ない。
仕方ないよね。
二人ともカッコイイもん。
ため息をつくと、後ろから声をかけられた。
「ねぇ」
振り返ると、少し強面《こわもて》の男の人達がいた。
四人とも怖いんですけど……。
あたしは芽依の腕を掴《つか》んだ。

「うっわ。二人ともマジ可愛いじゃん」
「お前、上玉見つけんのうますぎ」
「二人とも、暇？」
「暇なら俺らと遊ばない？　野郎だけで遊ぶのもあれだろ？」
めちゃくちゃニヤニヤしてて怖い。
これってナンパ？
初めてされたから、めちゃくちゃ怖いよ。
そんなあたしに気が付いた芽依が、あたしをかばうように男の人達に立ち向かった。
「暇じゃないし、あたし達彼氏いるから。ナンパ目的なら他あたれば？」
「ヤバい。俺Mだから、そういう気の強い女の子大好き。感じちゃう」
「ギャハハ‼　お前キモすぎ‼」
男の人達の笑い声にびくびくするあたしの手を、芽依がギュッと握った。
芽依……。
芽依の手、震えてる。
芽依だって本当は怖いのに、あたしを助けてくれてるんだ。
あたしも頑張らなきゃ。
あたしはグッと息を呑《の》んで声を振り絞った。
「しつこいです」
「ヤダ‼　何この可愛い生き物‼」
「鈴を振るような声ってまさにこのこと⁉」
なんか余計に煽った⁉
驚いてオロオロしていると
―ガシッ―
両方から二人に肩を抱かれた。
芽依も同じ状況だ。
ヤダ。

気持ち悪い。
あたしは二人の手を振り払おうともがいた。
「ヤダ!!　離して!!」
「そんなこと言わずにさ、俺らと楽しも？」
「どうせ彼氏なんて側にいないんでしょ？」
「います!!　すぐそこに!!　だから、離して!!」
そう言うと、一人の男の人に手を掴まれ
もう一人の男の人がビキニの紐に手をかけた。
体が強張る。
「この首にかけてる紐解《ほど》けば、水着落ちちゃうね」
「公開プレイが好きなら、このまま解いちゃうよ？」
そう言って男の人が徐々に紐を引っ張る。
あたしの目に、涙が溜まった。
嫌だ。
嫌だ 嫌だ 嫌だ。
助けて。
助けて……
あたしは両目を閉じて思いっ切り叫んだ。
「稜一っ!!」
叫んだと同時ぐらいに、二人の男の人の手が離れたのを感じた。
そのかわり、安心できる腕に包まれていた。
ゆっくり目を開ける。
そこには大好きな稜がいた。
稜が一人の男の人の腕を掴んでいて、その側にもう一人の男の人がお腹を抱えて苦しんでいた。
「なぁ。誰に断って人の彼女に触ってんの？」
「てっめ……」
「ふざけんな!!　離せ!!」
「ふざけてんのはどっちだよ。てめぇの汚ねぇ手で唯のこと触りやがって。

しかも、何泣かせてんだよ」
「いててててててて!!!」
稜が男の人の手を捻りあげる。
そして、その男の人を蹴り飛ばした。
男の人が倒れる。
あたしは稜の腕をギュッと掴んだ。
「消えろ」
その言葉を聞いて、男の人達が走り去った。
稜があたしを抱きしめて頭を撫《な》でてくれた。
「稜……」
「ごめん。気づくの遅くなって」
「ううん……」
あたしは稜に抱きついた。
すると稜があたしの手を引いた。
「稜？」
「こっち」
ついて行くと建物の陰に来た。
「ちょっと待ってて」
そう言って稜がどこかに行った。
しばらくすると稜がパーカーを持って歩いて来た。
そのパーカーを稜があたしにかける。
少し大きめのパーカー。
稜の匂いがする。
あたしは稜を目を丸くして見た。
「稜？」
「ヤバい」
「え？」
「そんな可愛い格好してるから絡まれんだよ」
「稜、怒ってるの？」
「怒ってるに決まってんじゃん」

そう言って稜があたしにキスをした。
いつもの優しいキスじゃない。
稜の怒りが伝わってくる。
あたしは稜を離そうと胸を押した。
だけど
頭に回された稜の手に力が入って、離れることが出来ない。
頭がボーッとしてきた。
すると、稜がゆっくり離れた。
「海なんか、来なきゃ良かった……」
「え？」
「唯の水着姿、他の野郎に見せたくない」
「大丈夫だよ？　あたしは稜だけ。稜に可愛いって言われたくて頑張ったんだけど……
ごめんね……」
そう言うと稜があたしを抱きしめた。
「可愛いすぎんだよ、唯は」
「稜だって、カッコイイから女の子達に囲まれてたじゃん」
「あれは不可抗力……」
「あたしだって不可抗力だもん!!」
あたしはほっぺを膨らませて稜を見た。
すると稜がため息をついた。
「そうだよな。可愛いの自覚してないのは今に始まったことじゃねぇし」
そう言って稜があたしの頭をポンと叩《たた》いた。
「稜、あたし海入れないよ」
「なんで？」
「だって稜のパーカー、潮でベタベタになるよ？」
「いーの。絶対脱いじゃダメだから」
「このまま入っていいの？」
「いいよ。脱いだら、罰ゲームだから」

「罰ゲーム⁉」
驚くあたしに笑いかけて、稜はあたしの手を引っ張った。
そういえば、何か忘れてるような……。
首を傾《かし》げながら歩いていると、舜くんと芽依に遭遇した。
あっ‼
芽依のことだ‼
あたしは芽依に駆け寄って芽依の両腕を掴んだ。
「芽依‼　無事だったんだね‼」
「うん。舜が助けてくれたから」
「舜くんが？」
あたしは疑いの眼差しを舜くんに向けた。
ひ弱そうな舜くんが、芽依を？
すると稜が後ろで噴き出した。
「舜なら大丈夫。舜、空手黒帯だから」
「黒帯⁉」
舜くんがあたしにピースしてくる。
信じられない。
基本的に『どうでもいい』『面倒くさい』とか言ってそうな舜くんが……。
一人舜くんを見ながら悶々《もんもん》と考えていると、舜くんが困り顔になった。
「ゆーちん。君は俺にどんなイメージを抱いていたんだ？」
「軟弱な今時男子」
その言葉に芽依と稜がお腹を抱えて笑う。
「ゆーちん。俺、友達だよね？」
「え？　友達だよ？」
「うん。良かった」
「？」
怪訝《けげん》な顔で舜くんを見る。
一体、何が言いたいんだろう。

あたしは首を傾げた。
「まぁまぁ。とりあえず海、入ろ」
笑う芽依に促されながら、ションボリとした舜くんは海に向かった。
「唯」
「え？」
稜に呼ばれて振り返ると、稜があたしの頭に手を置いた。
「俺達も入ろ」
「うん」
あたしと稜は、はしゃいでる芽依と舜くんの側まで歩いた。
海に足が浸かる。
冷たくて気持ちいい。
腰ぐらいの高さまでのところに来ると、いきなり芽依が叫んだ。
「唯‼　気をつけて‼」
え？
そう思いながら一歩踏み出すと、急に深くなった。
ガクッとして、心臓がヒヤッとした瞬間
—ガシッ—
稜に腕を掴まれ、何とか溺《おぼ》れずに済んだ。
稜を振り返る。
稜の顔は怒りに満ちていた。
「あ……」
「お前、どんだけ危険なんだよ」
「ごめん……」
「唯、絶対俺から離れるの禁止」
「え？」
「わかった？」
稜があたしの頬を両手で挟《はさ》んだ。
ものすごく近距離に稜の顔がある。
そのことに顔が真っ赤になった。

「稜、近いよ……」
「わかったって言うまで、このままだから」
「わかりました……」
「ん。いい子」
そう言って稜が微笑んだ。
優しいその笑顔にトクンと胸が鳴る。
かっこよすぎる……。
稜に見とれていると、稜が二人に向かって叫んだ。
「ジュースか何か買ってくる」
「あ。有沢くん。あたしアイスティー」
「俺、コーラ!!」
二人に頷《うなず》いて稜があたしの手を引いて歩き出した。
売店まで来ると、周りの女の子達が稜を見て騒ぎ出す。
その後からくる突き刺さるような視線。
思わずうつむいてしまう。
「唯？」
「え？」
「何飲みたい？」
いつも、あたしを気にかけてくれる稜。
稜は、いつもあたしを心配そうに見る。
あたしが、そんな顔させてるんだ。
あたしは稜の手をギュッと握って笑顔を向けた。
「あたし、オレンジジュースがいい」
「わかった」
稜がホッとしたような笑顔であたしを見て、売店の女の子に話し掛けた。
何となく横を見ると、外国人の二人組がいた。
綺麗な女の子と、カッコイイ男の子。
カップルかな？
すごい、絵になる。

思わず見とれてしまう。
すると、あたしに気付いた女の子と目が合った。
あ……。
何となくビクッとする。
すると女の子がニコッと笑ってくれた。
それに気付いた男の子があたしを見て固まった。
それから男の子と女の子が近づいて来て、男の子が稜と反対側の右手を握ってきた。
ビクッとして思わず稜の手を思いっ切り握ってしまった。
「えっと、Can I help you?（何か用ですか？）」
稜が外国人の人達を怪訝そうに見ながら英語で尋ねた。
すると男の子はニコッと笑って口を開いた。
「ＯＫ。大丈夫。日本語は話せるから」
「そうですか……」
「生まれと育ちはアメリカだけど、母親が日本人で、よく日本語を教えてもらってたから」
「はあ……」
「それにしても君、発音綺麗だね。帰国子女とか？」
「いや、普通の日本人ですけど……」
「本当に⁉　Amazing!（すごいや）」
あたしと稜はマシンガントークの男の子に目を丸くした。
すると男の子が急に真剣な顔をした。
「She is your's？（彼女は君の？）」
その言葉に稜が眉を寄せる。
ただ、あたしは首を傾げるしかない。
あたし、英語苦手なんだよなぁ……。
すると女の子があたしを見てクスッと笑った。
何だろう。
嫌な予感がする……。
あたしは稜の手をギュッと握った。

「Yes, that's right.（うん、そうだよ）」
「へぇ……」
男の子はニヤッと笑ってあたしの手の甲にキスをした。
「え⁉」
「てっめ……っ」
「O K. Let's fight（勝負しよう）」
「は？」
「I've just fallen in love with her at first sight.（僕は彼女に一目《ひとめ》惚《ぼ》れした）
That's why（だから）……」
わけがわからないまま、あたしは男の子に抱き寄せられた。
稜の顔が怒りに満ちている。
「I'll take her away from you!（君から彼女を奪う）」
「Don't be silly !!（ふざけんな）」
「I'm serious.（僕は、本気だよ）」
首を傾げていると、男の子があたしを見てニコッと笑った。
「僕はフランシス・ローレン。フランって呼んで。
それから、彼女は僕の妹」
フランが指差す女の子は、フランと一緒にいた綺麗な女の子。
女の子は綺麗な笑顔で口を開いた。
「サラ・ローレンよ。サリーって呼んで。妹って言っても、双子だからあんまり関係ないわ。
それより、私は彼の方が気になるんだけど？」
女の子が稜を指差す。
それからゆっくり稜に近付いて、稜の首に腕を巻き付けた。
え？
何してるの、この人？
あたしは戸惑う稜を見つめた。
「あなた、お名前は？」
「有沢……稜…」

「歳はいくつ？」
「まだ、16……」
「高校二年生ってとこかしら」
「まぁ……」
「それじゃあ、私達と一緒じゃない」
一緒？
一緒って……
同じ歳ってこと⁉
ありえないよ‼
ありえない‼
あんなスラッとした美人に、モデルのような美男子が
あたしと同じ歳だなんて‼
おそるべし、外国パワー‼
あたしは口を開けてサリーを見た。
すると横でクスクス笑い声が聞こえた。
「とても同じ歳に見えない、そう言いたそうだね」
「え⁉　なんで……」
「わかるよ。そんだけ顔に出てたらね」
フランはニコッと笑ってあたしの頭を撫でた。
優しい手。
だけど、落ち着かない。
稜じゃなきゃ……
稜じゃなきゃ落ち着かないの。
あたしはフランから離れようとフランを押した。
だけど、フランが更にあたしを抱き寄せた。
顔がフランの胸にくっつく。
顔が赤くなっていくのがわかった。
「あっあの‼!」
「名前、聞いてないね」
「え⁉　ていうか、今それどころじゃ……」

「教えてくれなきゃ、このままだって言っても？」
「え？」
「ほら。名前は？」
あたしはドキドキなる胸を押さえて、答えた。
「吉岡……唯です……」
「そう。よろしくね、ユイ」
そう言ってフランがあたしのほっぺにキスをした。
その瞬間に、あたしはフランから引き離されて
変わりに稜の腕の中にすっぽり収まった。
「お前なんかに、絶対唯は渡さない」
「へぇ。ということは……」
「ああ。ノッてやるよ、その勝負」
勝負？
あたしは火花が散る二人を冷や汗を流しながら見ていた。
勝負って言っても、もう会えないんじゃないの？
なんて言えず、あたしはうつむく。
だからサリーが、あたしを感情の篭ってない目で見てるなんて
知らなかった。
これはまだ、嵐の前兆。
フランとサリーが、あたしと稜をグチャグチャにするまで
あと 少し……

ヤキモチ

平和だったあたしの人生に
嵐の注意報
大きな嵐になるでしょう

「何？　そのドラマみたいな展開」
芽依にホテルで売店であったことを話した。
あたしは芽依の言葉に困り顔。
「知らないよ!!　なんか向こうが勝手にゴチャゴチャ言ってきて……」
「でも、そのゴチャゴチャが英語でわからなかったと」
「うん。ただ、フランが何か言う度に稜の機嫌が悪くなっていったのは確かだよ」
「そりゃあ、彼女にキスされればキレるのも当たり前だよ。だから売店から帰ってきたと思ったら有沢くんからただならぬ殺気が漂ってたんだね」
「うん……」
芽依が納得したように頷《うなず》く。
あたしはシュンとしてうつむいた。
稜、あのあと全然話してくれなかったな。
ただずっと怖い顔してただけだった。
話し掛けても無反応だし……。
寂《さび》しいな……。
あたしはため息をついた。

そんなあたしの頭を芽依が撫《な》でる。
「大丈夫だって。明日にはいつもの有沢くんに戻ってるよ」
「だと、いいけど……」
「心配しない。ほら、早くお風呂入ってきな」
芽依に優しく促され、あたしはお風呂に入ることにした。
一日に二回も男の人に絡まれるなんて、あたしってバカだなぁ。
警戒心ないのか？
稜に愛想尽かされちゃったかな？
あたしはお風呂の中で盛大にため息をついた。
このままっていうのも、何か嫌だな。
「よしっ」
あたしは気合いを入れてお風呂から立ち上がった。
急いで着替えてお風呂を飛び出る。
芽依が目を丸くしてあたしを見た。
「どうしたの？」
「あたし、稜に会いに行く!!」
「は!?」
「このままは嫌だ!!　稜を怒らせたままなんて、ずっと話し掛けてくれないなんて……」
言ってるうちに涙が溜まってきて、あたしは手の甲でそれを拭《ぬぐ》う。
「だからあたし、行ってくるね!!」
「唯!!」
芽依の声に振り向かず、あたしは隣の部屋をノックした。
「誰？　おい、舜!!　ルームサービスとか頼んだ!?」
中から稜の声。
ため息が近くで聞こえたと思ったら、目の前の扉が開いた。
「稜!!」
「は!?　唯!?」
稜に迷わず抱きつく。

そのまま稜がバランスを崩して座り込んだ。
少し押し倒すような格好。
だけどそんなの気にしない。
あたしは稜の顔を見た。
「ごめんなさい!!」
「え？」
「あたし、稜のこと怒らせるようなことしたから……」
「いや、別に唯に怒ってるわけじゃ……」
「あたしがボケッとしてるから!!　あたしが変な人に絡まれるから、だから怒ってるんだよね!!」
目を丸くする稜に構わず、あたしは稜の肩を掴《つか》んだ。
「あたしは、稜だけだよ!!」
「え……」
「稜以外の男の人に好かれても、全然嬉《うれ》しくない!!
そりゃあ、あたしなんか本気で好きになってくれる人なんかいないだろうけど……。
多分フランも本気じゃないだろうし……。
ようするにね!!　あたしを好きになってくれた稜には感謝してるの!!
可愛くもない、何の取り柄もない、こんなあたしを好きだって言ってくれた稜が、あたしは大好き!!
だからお願い!!　嫌いにならないで……っ」
そう言うと、稜があたしから離れて立ち上がった。
あ……。
あたしはシュンとうつむく。
やっぱり、もう稜に嫌われちゃったかな……。
あたしと一緒にいたくないのかな……。
唇を噛み締めて涙を流していると、稜が舜くんに何か言う声が聞こえた。
浴室からだ。

首を傾《かし》げていると、浴室からパンツだけ穿いた、いかにも『お風呂上がりです』な舜くんが出てきた。
舜くんがコケて、座り込むあたしと近距離で向かい合う。
舜くんが目をパチクリとさせた。
「あれ？　ゆーちん？」
「どっどうも……」
「なんでいるの？　ていうか、なんで泣いてるの？　ていうかていうか、俺の愛しの芽依は？」
「えっと……」
困っていると、舜くんの頭にゲンコツが。
舜くんが頭を抱えて声にならない呻《うめ》きをあげている。
そのまま恨めしそうに後ろを振り返った。
「お前な……っ」
「邪魔」
「は⁉」
「山崎が心配なら山崎んとこ行け」
「何言って……」
「いいから。ほら携帯」
そう言って舜くんに携帯を渡すと、稜は舜くんを部屋から追い出した。
部屋にガチャリと扉が閉まる音がする。
シンと静まり返る部屋に、稜と二人きり。
なんか、急に緊張してきた。
そういえば、ルームキーがなかったら部屋に入れないシステムだったよね。
このホテル。
……。
大丈夫かな、舜くん。
パンツ一枚だったけど……。
考え込んでいると、稜がしゃがんであたしの顎を掴んで顔を上げた。
「風呂、入ったの？」
「え？　うっ、うん……」
「シャンプーの匂いめちゃくちゃする。そんな状態で男の部屋来るなんて、無防備すぎない？」
稜の怒った顔。
やっぱりあたし、稜にこんな顔させてる……。
あたしはまた泣きそうになった。
「逆効果だって。涙目は。余計に誘ってるようにしか見えない」
稜はそう言って、あたしを抱き抱えた。
そのまま真っ直ぐ歩いて、あたしはベッドに下ろされた。
稜？
稜の顔は怒りに満ちていたけど、どこか悲しみの表情も混ざっていた。
そんな稜を、ずっと見ることしかあたしにはできなかった。
「ねぇ、稜？」
「本気で好きになる人なんていない？　何言ってんだよ。フランも、本間も、お前には本気なんだよ」
「稜……」
「お前は、自分の可愛さ甘く見すぎなんだよ。自分がどんだけ魅力的か、知らねぇんだよ」
「あたし……」
「俺だって、お前に本気だ。だから嫌なんだよ。本気だからこそ嫌なんだよ」
「え……？」
「他の男に触られんのも、他の男と仲良くしてんのも、お前が他の男に狙われてんのも。全部、全部嫌なんだよ」
そう言って稜があたしを抱きしめた。
ギュッと力強く。

「俺、こんなに夏休みが待ち遠しかったの初めてだった」
「え？」
「夏休みになれば、唯はずっと俺だけのもんで、他の男にジロジロ見られることない。そう思ってた」
「あ……う……」
「俺、今すぐにでも唯を閉じ込めたい。誰にも見せたくない」
「りょ……う……」
「無理だけど、それくらい好きだよ」
稜……。
あたしは稜の背中に手を伸ばしてギュッと抱きしめた。
「カッコ悪いな。俺」
「え？」
「こんなに嫉妬して。唯は、俺だけだって言ってくれてんのに……」
弱々しい稜の声。
あたしは唇を噛み締めてから口を開いた。
「そんなことない!!」
「唯？」
「あたし、稜がカッコ悪いなんて一度も思ったことないよ!!」
「でも俺、気持ち悪いだろ？　唯のこと閉じ込めたいとか……」
「気持ち悪い!?　そんなこと考えたこともないよ!!　むしろ大歓迎って感じ!!」
「え？」
あたしはガバッと稜から離れて稜の顔を両手で挟《はさ》んだ。
「あのね？　あたしはずっとずっと稜だけが好きなの。片時も離れたくないぐらい大好きなの。多分それは、稜が思ってるよりもずっと。
稜はあたしの人生を変えてくれた。感謝してるの。こんな風に、誰かを本当に愛することが出来て。それが稜で、本当に良かったって。
あたしの中で稜は王子様なの。あたしを助けてくれた、王子様なの。こんなあたしを好きだって言ってくれた。あたし、スッゴく幸せ。
ありがとう。あたしを好きになってくれて。あたしなんかで嫉妬してくれて。ありがとう」
笑顔でそう言うと、稜があたしをグッと抱き寄せた。
稜の息が耳にかかって、こそばゆい。
あたしは首を傾げながら黙っていた。
「ありがとう、なんて……」
「え？」
「ありがとうなんて、俺のセリフだろ」
稜があたしの頭を抱き抱えるようにしてギュッと抱きしめる。
あたしも稜の服をギュッと掴んだ。
「クラス発表の日」
「え？」
「稜、あたしに言った。『超嫉妬深い』って」
「あぁ」
「それ、お互い様なんだよ？」
「え？」
稜があたしの顔を見る。
あたしは稜の顔を覗《のぞ》き込むようにして見た。
「あたしだって、物凄《ものすご》く嫉妬深いの。今日だって、稜がサリーに絡まれてるの見て、凄く嫌な気持ちになった。
それに、あたし見た。オリエンテーションキャンプの時、あたしがケガしてテントで寝てたでしょ？　あの時、稜は伊波先生にもたれてた」
稜が目を見開く。
あたしは稜に両手を振った。
「別に稜を責めたいわけじゃないから!!　確かにちょっと、ショックだったけど……。
あの時、稜はあたしのなのにって、嫉妬したんだ。自分って、稜のことになると余裕ないなって。
気持ち悪いのは、稜じゃなくてあたし。ヤキモチなんてして、ごめんね」
そう言うと、稜の顔が迫ってきて……
気が付くと、あたしと稜の唇が重なっていた。
あたしは稜の服を更にギュッと掴んだ。
ゆっくりお互いの唇が離れる。
あたしは黙って稜の顔を見つめた。
「俺って、ほんとバカ」
「そんな……」
「本間に認めさせるとか言っときながら、唯にそんな顔ばっかさせてる。
本間の言う通り、唯は辛《つら》そうな顔してるな。それ、全部軽率な行動した俺のせいだよな」
「あたし……」
「でも別れねぇよ」
「え？」
「どんなに唯が俺といるの嫌だって言おうと、俺は別れる気全くないから」
「あたしも、別れるつもりない……」
「そっか。なら良かった」
安心したように稜がニコッと笑った。
そうだよ。
この笑顔だよ。
あたしが稜にして欲しい顔。
あたしもニコッと笑った。
「俺ら、お互い嫉妬しまくりだな」
「それだけあたしは稜が好きなんです」

「うん。俺も、大好き」
もう一度、稜からのキス。
お互いの気持ちをぶつけ合って、なんだかスッキリして
あたしと稜はくっついたまま、寝た。
また一歩、稜に近付けたような気がして
なんだか嬉しかった。
もっと もっと
たくさん稜の本音が聞けますように……

迷子

不安で 不安で
物凄《ものすご》く心細くて
たくさん泣いてる子供の気持ちがよくわかる
お願い
あたしをここから連れ出して……

ここは……
一体どこだろう……。
あたしは人混みの中でぽつんと立ち尽くしていた。
祭囃子《ばやし》に屋台の美味しそうな匂い。
今日は地元のお祭りです。
稜と二人でお祭りに来て、一緒に歩いていたら
気付けば一人になっていた。
稜を探して歩きまくっていると、人混みで余計にわからなくなり、全然わからない場所にたどり着いていた。
そして、冒頭のセリフ。
まいったなぁ。
まさかはぐれるなんて……。
あたしが悪いんだけど。
あたしがはしゃぎ過ぎて稜の手を離したりするから……。
あたしは後悔しながらため息をついた。
すると、後ろから手を引っ張られた。
驚いて振り返ると、小さな女の子が泣きながらあたしの手を握

っていた。
全然知らない女の子……。
あたしはしゃがんで女の子の顔を覗《のぞ》き込んだ。
「どうしたの？」
「お兄ちゃんとはぐれちゃったの……」
「お兄ちゃん？」
「うん……」
女の子が涙を両手で拭《ぬぐ》いながら言う。
あたしは女の子の頭を撫《な》でた。
「大丈夫だよ。必ずお兄ちゃんは見つかる。だから一緒に探そ？　ね？」
女の子がこくんと頷《うなず》いた。
女の子の手を握って歩き出す。
すると鼻声の女の子があたしを見上げた。
「お姉ちゃんは、どうして一人でいたの？」
「え？」
「お姉ちゃんも泣きそうな顔してたよ？」
あたしは女の子の手を握る手と反対の手で自分の顔を触った。
あたしは女の子に笑いかけた。
「恥ずかしいんだけど、お姉ちゃんも迷子なんだ」
「そうなの？」
「うん。世界で一番大好きな人と、はぐれちゃったの」
「それって、お姉ちゃんの彼氏？」
「うん」
頷くと女の子が笑顔になった。
「お姉ちゃん、彼氏いるんだ!!」
「うん」
「ねぇ!!　どんな人!?」
「一言で言うと、王子様かな」
「王子様!!」

キラキラ輝く笑顔の女の子に少し笑う。
「かっこよくて、優しくて、頭がよくて、強くて、スッゴく素敵な人だよ」
「お姉ちゃんは幸せ者だね!!」
幸せ者、か。確かにそうかもしれない。
「本当。あたしなんかを選んでくれて、本当に感謝してるよ」
女の子はあたしが暗い表情をしてることに気付いて、手をギュッと握った。
「お姉ちゃんは、その人のこと、好きじゃないの？」
「好きだよ。もう大好き。
でもね？　凄く不安なんだ。彼は王子様だから、あたしなんかよりずっと可愛いお姫様のところにいつか行っちゃうんじゃないかって」
怖くて 怖くて
稜と気持ちが繋《つな》がってるはずなのに
いつも不安になる。
あたしは、稜に似合うお姫様じゃないから。
稜の周りにいる女の子達は綺麗で可愛い子ばかりなのに
あたしは程遠い存在。
本当に、王子様の側にいていいの？
本当に、王子様に恋していいの？
いつも不安で仕方ないの。
両目を閉じたあたしを見て、女の子が口を開いた。
「お姉ちゃんはお姫様だよ」
「え？」
思わず目を開く。
女の子はあたしを見て笑っていた。
「お姉ちゃんは、ちゃんとお姫様だよ。だって、こんなに優しいんだもん。
お姉ちゃんだって彼氏と離れて不安なのに、今すぐにでも会いたいのに、あたしと一緒にお兄ちゃんを探してくれてる。
そんな優しいお姉ちゃんは、ちゃんとお姫様なんだよ」
「でも……」
「王子様は、お姫様しか選ばないよ」
女の子がニコッと笑う。
あたしもつられて笑った。
「そういえば、名前聞いてないね」
「絢音《あやね》」
「絢音ちゃんか。あたしは唯だよ」
「唯お姉ちゃん」
絢音ちゃんがあたしを見てニコッと笑う。
それがとても可愛くて、不安なのに笑顔でいられるの。
あたしは『ありがとう』の意味を込めて絢音ちゃんの手を握った。
すると絢音ちゃんがあたしの手を勢い良く引っ張った。
「お兄ちゃん!!」
お兄ちゃんと呼ばれた人は焦《あせ》ったように振り返った。
その人は……
「絢音!!　っと、唯ちゃん⁉」
「雪くん⁉」
絢音ちゃんがあたしの手を離して雪くんに抱きついた。
雪くんは絢音ちゃんを見た後、あたしを見た。
「なんで唯ちゃんと絢音が一緒に？」
「えっと……」
ダメだ。
迷子になってました なんて言えない。
恥ずかしすぎる……。
あたしは精一杯の笑顔でニコッと笑った。
「ちょっとね……」
「今日は有沢くんと一緒じゃないの？」

いきなり痛いとこ突くなぁ、雪くん。
あたしが言い澱んでいると、絢音ちゃんが雪くんを見て口を開いた。
「唯お姉ちゃんは、王子様とはぐれちゃったの」
絢音ちゃん⁉
あたしは真っ赤になってアワアワした。
雪くんが不思議そうに絢音ちゃんを見る。
「王子様？」
「そう‼　お姉ちゃんの大切な王子様‼」
そう言うと雪くんがハッとしたようにあたしを見た。
「唯ちゃん、有沢くんとはぐれちゃったの？」
「恥ずかしい話、そうなんです……」
あたしは小さくなってうつむいた。
この歳でまだ迷子なんて……。
うなだれていると、絢音ちゃんがあたしの顔を覗き込んだ。
「ねぇ、唯お姉ちゃん」
「え？」
「お兄ちゃんも王子様みたいでしょ？」
確かに。
初めて会った時、王子様だって思ったもん。
あたしは絢音ちゃんに微笑んだ。
「そうだね」
「でもね？　ちょっと変態なの」
「え？」
「最近お兄ちゃん、『やっぱ大人の女だよな』ブツブツ言いながら帰って来るの」
「大人の女？」
絢音ちゃんの言葉に慌《あわ》てて雪くんが絢音ちゃんの口を塞いだ。
「違っ‼　違うんだよ、唯ちゃん‼」
「いや。隠さなくてもいいよ。先生が好きでも、何も問題ないと思う」
あたしの言葉に雪くんが目を丸くする。
「……本当に？」
「え？」
「本当にそう思う？」
「うん。だって先生も人間だし、恋してもおかしくないでしょ？」
あたしの言葉に頷く雪くん。
どうしたんだろう。
首を傾《かし》げていると、後ろから急に手が伸びてきて……
そのままあたしをギュッと抱きしめた。
あ……。
知ってる……
この温もりと安心感……
あたしは回された腕を掴《つか》んで小さく囁《ささや》いた。
「稜？」
「やっと、見つかった……」
ドキン ドキン
全身が心臓になったみたい。
あたしはゆっくり息をついた。
「あ。王子様」
絢音ちゃんが稜を指差して言う。
あたしは慌てて絢音ちゃんを見た。
「絢音ちゃん‼」
稜の腕から抜け出そうとすると、稜がそれを阻止するように力を強めた。
「そうだよ」
「稜⁉」
「俺が唯の王子様」
絢音ちゃんが稜を見て目を輝かせる。

稜はフッと笑った。
「本間と二人きりかと思ったら、こんな可愛い子も一緒だったんだ」
「絢音ちゃんも雪くんと離れて迷子だったの。まさか絢音ちゃんが雪くんの妹さんだったなんて知らなくて……」
「随分可愛い妹いるんだな、本間」
「有沢くん」
稜はあたしから腕を離して絢音ちゃんに近づいた。
そしてしゃがんで絢音ちゃんの頭に手を置いた。
「絢音ちゃん」
「なぁに？　王子様」
「俺のお姫様、助けてくれてありがとう」
絢音ちゃんは稜の言葉に笑顔で頷いた。
「うん!!」
稜も優しく微笑む。
そしてポンポンと絢音ちゃんの頭を叩《たた》いてからあたしの肩を抱き寄せた。
「じゃあな。本間、絢音ちゃん。お姫様は連れて行きます」
そう言って稜は二人にウインクしてあたしの手を引っ張った。
どんどん歩いて人気のない場所に着いた。
微かに聞こえる祭囃子の音。
あたしは立ち止まった稜の背中を、ジッと見つめた。
稜は振り返ると、あたしを正面からギュッと抱きしめた。
「稜？」
「唯とはぐれた時、一瞬心臓止まったと思った」
「ごめ……」
「探しても探しても、見つからない。もう、あんな思いごめんだ」
「ごめんね……」
「俺から、離れていかないで。唯……」

弱々しい稜の声。
震えてる腕。
あたしは、こんなに心配かけてたんだな。
そう思うと同時に、稜がそんなに気にしてくれてたことが凄《すご》く嬉《うれ》しくて
胸の奥がキュッと締め付けられて
物凄く稜が愛しくなった。
あたしは稜の服をキュッと掴んだ。
「うん。あたし、稜から離れたくないよ」
幸せな時間。
幸せな空気。
それが心地好くあたし達を包み込む。
新学期に、嵐が巻き起こるなんて知るよしもない。
この幸せは、神様がくれた素敵な思い出。
あの海での出来事が、嵐の前兆だったと
あたし達は思い知ることになるんだ……。

留学生

あの夏の出会いが
稜とあたしを変える運命の出会いだったなんて……
嵐は
突然やってくるんだ

夏休みって、こんなにあっという間だったっけ？
そう感じるぐらい楽しい夏休みだった。
ほとんどが稜と過ごせたし、宿題も稜と二人で出来たし。
凄く幸せだったなぁ。
あたしは笑顔で家を出た。
すると稜が家の前にいて、インターホンを押そうとしていた。
「唯」
「あ……」
「おはよう」
キラキラした稜の笑顔。
この夏休みで稜と距離がグッと近づいた気がする。
いっぱいキスも……エッチもしちゃったし。
あたしは真っ赤になってうつむいた。
そんなあたしの顔を稜が覗《のぞ》き込んだ。
「唯？」
「はわっ!!」
驚いてのけ反る。
そのまま倒れそうになったあたしを稜が支えた。

近くに稜の綺麗な顔。
あたしは真っ赤な顔のまま稜を見つめた。
「っぶねぇ……」
「あ…う…。ごめ……」
「危なっかしいから、俺から離れるの禁止」
「禁止って……」
「ゴチャゴチャ言うのも禁止」
そう言って稜が人差し指をあたしの口の中に入れた。
「んっ⁉」
「なんか…エロ……」
「‼」
稜の言葉に真っ赤になる。
確かにエロい……。
ていうか、エロいって思うならこんなことしないでよ‼
あたしは稜の指から口を離した。
「稜‼」
「ん？」
優しい笑顔の稜。
そんな顔されたら、もう何も言えないよ……。
あたしは悶《もだ》えながら、稜に手を引かれて歩き出した。
学校に着くと、何やら騒がしい教室。
あたしと稜は顔を見合わせて首を傾《かし》げた。
稜が近くにいた男の子に話し掛けた。
「どうした？　なんかあんの？」
「おぅ、有沢。なんか留学生が俺らのクラスに来るらしいぜ」
「双子なんだけど、男の子めちゃくちゃカッコイイの‼　有沢くんには敵わないけど」
「留学生……」
稜が怪訝《けげん》そうな顔をする。
なんか、嫌な予感。

あたしはクラスメートと話してる稜から離れて自分の席に着いた。
すでに学校に来ていた芽依と舜くんに挨拶《あいさつ》する。
「おはよう。芽依、舜くん」
「おはよう、唯」
「ゆーちんおはよう」
「留学生が来るんだね」
「そうみたい。全校集会でお披露目って感じみたいだけど、既に見た子は大興奮してるね」
「美人とイケメン双子外国人だもんな〜。そりゃ騒ぐんじゃね？」
「二人は見たの？」
「見ようとしたけど、職員室に人がいっぱいで諦めたの」
芽依がため息をついて首を左右に振った。
舜くんも頬杖をついて頷《うなず》いた。
美人とイケメン……。
しかも双子……。
あたしの頭にフランとサリーが浮かぶ。
まさか。
あの二人が来るはずないって。
でも……
あの二人と条件が一致してる。
そんなの、ただの偶然だよね。
あたしは自分に言い聞かせるように頷いた。
「唯。体育館行こ」
稜が笑顔であたしの手を掴《つか》む。
みんなにバラしたとは言え、納得してない子が大半。
あぅ。
視線が痛い……。
うつむいていると、芽依と舜くんがあたしの頭に手を置いた。

「妬みたいヤツは妬ましといたらいいよ。だって唯と有沢くんが付き合ってるのは事実だもん」
「芽依……」
「稜にはゆーちんがお似合いだよ。ゆーちん以外、考えつかない」
「舜くん……」
あたしは二人に笑顔を向けた。
その瞬間、稜があたしの手を引っ張ってギュッと抱きしめた。
「大丈夫」
耳元で囁《ささや》く稜の声。
心臓が痛いぐらい鳴っている。
「何かあったら、俺が守るから」
「うん……」
穏やかな気持ちになっていると、二人のため息が聞こえた。
「ラブラブなのはわかったから、早く体育館行こ」
「ゴリ（生活指導）に怒られるぞ」
二人に促され、あたしと稜は離れた。
体育館は出席番号順の男女別に各学年が綺麗に並んでいた。
だけど……
「あの……。なんで稜も舜くんもあたしの周りにいるの？　芽依はあたしの前だからわかるけど……」
「唯と一秒も離れたくないから」
「芽依の隣が他の野郎とか死んじゃうから」
「そう……」
あたしは斜め前にいる舜くんと、隣で手を繋《つな》いでいる稜を怪訝そうに見た。
クラスの一番後ろ。
『吉岡』だから、あたしは合ってるけど
稜に至っては一番前だからね……。
あたしはニコッと笑う稜にドキッとしてうつむいた。

「それでは、今学期から春までの留学生を紹介します」
先生のマイクの声に顔を上げて壇上を見る。
壇上には、綺麗な外国人二人がいた。
フワフワロングカールの髪の毛の美人な女の子。
まるでお伽話から出てきた王子様のような男の子。
見たことある。
出会ったことある。
あたしの心臓がドクンと鳴った。
「皆さん。フランシス・ローレンくんとサラ・ローレンさんです。
二人のお母様が日本人だそうで、日本語が得意なので気軽に話し掛けてあげて下さい」
先生の言葉に周りが騒ぐ。
『カッコイイ』『可愛い』『こっち向いて』
まるで、アイドルのコンサートを見てるような光景だった。
こんな偶然、ありですか？
戸惑いを隠せないあたしの手を、稜がギュッと握った。
稜も戸惑っている。
二人とも、壇上から目が離せない。
「フランシス・ローレンです。僕は前から日本に興味がありました。そして日本が凄く好きです。
その日本好きを決定付ける出来事が、この間起こりました。この夏休みに僕は素敵な出会いをしました」
ドクンと、あたしの心臓が鳴る。
フランに抱きしめられた記憶が頭に蘇った。
「素敵な女の子との出会い、それは僕にとって大きな出来事でした」
そう言ってフランはマイクを置いて壇上から下りた。
そして真っ直ぐ歩いてくる。
その後ろからサラも歩いてきた。

真っ直ぐ
あたしと稜のいるところまで。
一歩 一歩 二人が近付いて来るたび、あたしの心臓がどんどん高鳴る。
フランとサラがあたしと稜の前まで来て立ち止まった。
「リョウ!!　会いたかった!!」
サラが稜に抱きついて稜の頬にキスをした。
稜とあたしの手が離れる。
するとフランがあたしの左手を掴んでひざまついた。
「迎えに来たよ、ユイ」
「フラン……」
そのままフランがあたしの左手の甲にキスをした。
まるで王子様がお姫様に結婚を申し込む時のように……。
たくさんの人達の悲鳴の中、あたしはただ混乱していた。
「フラン!!」
「ユイ。僕は本気だよ。必ずユイを手に入れる」
そう言うとフランは立ち上がってあたしの髪の毛にキスをした。
あたしは顔を真っ赤にしてフランの体を押した。
横を向くと、サラが稜に絡み付いていて
胸がズキズキと痛んだ。
綺麗で可愛いサラとカッコイイみんなの憧《あこが》れの稜。
なんて眩しくて、なんてお似合いなんだろう。
周りの人達はみんな、二人に釘付け。
あたしには敵意の篭った視線が突き刺さる。
どうしてこんなに違うんだろう。
どうしてあたしは稜とお似合いになれないんだろう。
離れてって言いたいのに声が出ない。
『稜はあたしの彼氏だ』って言いたいのに、どんどん自信が無くなる。
前から思ってた。

稜には綺麗で可愛い女の子が似合うって。
その言葉が、今目の前で表されてる。
本当にお似合い。
あたしの、思った通り。
稜とサラが歪《ゆが》む。
あたしの目に、涙が溜まった。
瞬きすれば涙がこぼれ落ちる。
だけど、泣きたくない。
泣いたら、きっと稜に心配かけるでしょう？
フランがあたしに手を伸ばしかけた瞬間、サラが稜から誰かに引き離された。
驚いて引き離した相手を見ると、伊波先生がサラの腕を掴んでいた。
「まだ全校集会は終わってないわよ。早く壇上に戻って」
「Leave me alone!（超うざい）」
サラがため息をついて英語で伊波先生に吐き捨てる。
伊波先生はあたしに笑顔を向けた後、サラの腕を掴んだまま壇上まで歩き出した。
呆然《ぼうぜん》とその光景を見てると、不意に後ろから声が聞こえた。
「悪いんだけど、君も壇上に戻ってくれるかな」
振り返ると、雪くんがフランの肩に手を置いていた。
「君は？」
「生徒会長だよ。この学校のね。生徒会長として、このような身勝手な行動を無視することが出来なくてね」
伊波先生と同じように雪くんもあたしにニコッと笑ってフランの手を引っ張った。
壇上に戻った二人を見て、ホッと胸を撫《な》で下ろす。
良かった。
伊波先生と雪くんが助けてくれなかったら、あたし絶対泣いてた。

自分の心の狭さに嫌気がさしてた。
あたしは両手を口にあてて うつむいた。

さぁ 嵐はやって来た。

ハロウィンパーティー

フランとサラが来てから
あたしと稜は二人でいる時間が少なくなった。
会話もまともにしないまま

季節は秋。
10月です……。
「はぁ……」
机にうなだれてため息を一つ。
あたしの視線は、サラと他の女の子に話し掛けられてる稜に向けられていた。
「ため息つくと幸せ逃げてっちゃうよ？」
芽依が頬杖をついてあたしの頭をつつく。
あたしはもう一度ため息をついた。
「あたし最近、稜とちゃんと話してない気がする……」
「確かに、サラが来てからというもの、有沢くんはサラと一緒だもんね」
「うん……」
「それに、唯にはフランがベッタリだもんね」
「そうなの……」
あたしは頭を抱えてうつむいた。
そんなあたしの頭に、温かくて柔らかいものが触れた。
驚いて飛び起きる。
横を見ると、フランが優しく笑っていた。

「フラン⁉　一体何を……」
「ん？　頭にキス」
「照れもせずに普通に言わないで……。こっちが恥ずかしくなるよ……」
「恥ずかしくないよ。僕はユイを愛してるんだから」
「‼」
「わぁ。フランっていつもストレートにくるよね。唯、真っ赤だよ？」
「メイ、おはよう」
「おはよう、フラン」
普通に会話してるフランと芽依を見てられず、あたしはうつむいた。
愛してるって……
恥ずかしげもなく言うなんて……
フランは、稜と同じでズルイよ……。
小さな抵抗でフランから顔を背けていると、目の前に何かのチケットが差し出された。
あたしはそのチケットを手にとって見た。
「ハロウィンパーティー？」
「うん。今、僕とサラは叔母の家で暮らしてるんだけど、毎年ハロウィンにはパーティーを開くんだ」
「へえー。日本ではハロウィンで何かするっていうのがあんまりないから、何だか楽しそうだね」
「でしょ？　ユイとメイもご招待」
そう言ってフランがニコッと笑った。
そんなフランに後ろから舜くんが抱きついた。
「俺も行きたい、フランー」
「もちろん。シュンもおいでよ」
フランが舜くんにもチケットを渡す。
それを舜くんが嬉《うれ》しそうに受け取った。

「そういえばフラン。今日の体育、内容知ってるか？」
「え？　知らない」
「体育と家庭科合同授業。女子とかくれんぼー」
「かくれんぼ？」
首を傾《かし》げるフランに舜くんはうなずく。
「女子が隠れて男子が見つけるみたいで、見つけた女子が体育の次の家庭科で自分の食いたい物作ってくれるみたいだぞ？」
「それって……」
「見つけた女子の手を繋《つな》いで先生の所に戻れば、その女子は強制的に自分のを作らなきゃいけねぇの」
舜くんの言葉にあたしと芽依は顔を見合わせる。
フランは興味深そうにあごに手をあてていた。
「日本って面白いね。遊びが授業になる。それにゴホウビまで…」
フランがあたしを見てニコッと笑う。
あたしはうつむいた。
フランには悪いけど、あたし、稜に見つけられたいな……。
そう思いながら体育の時間になった。
芽依と一緒に着替えていると、サリーがあたしの隣に来た。
「何の用？」
芽依があたしを庇《かば》うようにサリーに詰め寄る。
サリーは芽依とあたしを見た後、笑った。
「ユイに言うことがあったの」
「あたし？」
「ユイ。リョウ、頂戴？」
「え…っ」
サリーが何を言ってるのか理解出来ない。
稜を、頂戴？
自信たっぷりに笑うサリーを、あたしはただ見ることしか出来なくて、芽依があたしの肩を掴《つか》んだ感触で我に返った。

「何を言ってるの⁉　有沢くんと付き合ってる唯にそんなこと言って、酷《ひど》いとか思わないの⁉」
「どうして？」
「どうしてって……」
「私はリョウが好きだから言ってるだけよ」
「あのね……っ」
「ユイもリョウが好きなら、好きになっちゃったら仕方ないって気持ち、分かるよね？」
素直に頷《うなず》けない あたしがいる。
サリーを怖いと思う あたしがいる。
サリーはフッと笑うと、綺麗に歩いて行った。
「何⁉　あの子‼」
芽依の声も遠くに感じる。
目の前が白くなる。
あたしはジャージのまま自分のカバンを掴んだ。
「唯？」
芽依が不思議そうにあたしを見る。
あたしは涙を目に溜めて芽依に言った。
「帰る……っ」
そう言うのでいっぱいいっぱいだった。
飛び出すように教室を出たあたしは、涙を手で拭《ぬぐ》いながら走った。
見たくない。
稜がサリーと一緒にいるところなんて
サリーが稜に料理作ってるところなんて
それを二人で食べてるところなんて
見たくない。
見たくないよ…っ。
あたしは家の鍵を開けて自分の部屋に向かった。
お父さんもお母さんも仕事で良かった。

そうじゃなきゃ、きっと心配かけてたから。
あたしは部屋に座り込んで泣いた。
一生懸命声を押し殺してたけど、やっぱり我慢出来なくて
ついにあたしは声を上げて泣いた。
「うわあぁぁあぁぁ!!　嫌だよぉぉおぉぉ!!　稜と離れたくないよぉぉおぉぉ!!」
稜が好きで、気持ちが抑えられなくて
離れたくなくて……
だけど、泣いたって何も変わらない。
今頃サリーと稜が一緒にいることに変わりはない。
「稜ぉ!!　好きだよぉ!!　離れたくないよぉ!!　離れていかないで!!」
そう言った瞬間、後ろからギュッと誰かに抱きしめられた。
荒い息があたしの耳に掛かる。
色っぽい息遣い。
知ってる。
あたし、知ってる。
あたしは回された腕を掴んで後ろの人に尋ねた。
「稜……」
「みーつけた……」
あたしの胸がキュッと締め付けられて、何も言えない。
稜はあたしを自分の方に向かせると、あたしを抱きしめるような形であたしの首の後ろで手を組んでおでこをくっつけてきた。
「なんで早退したの？」
「……稜、学校は？」
「俺の質問に答えて。ジャージのまま早退したのはどうして？」
「それは……」
「こんなに泣いてるのはどうして？」
「あ……」
稜があたしの涙を舐《な》めとった。

ピクッと反応してうつむく。
そんなあたしの顔を稜がキスで上げさせた。
稜の舌が口の中で暴れ回る。
息が上手く出来ない。
あたしは稜の服を掴んだ。
稜もジャージだ。
もしかして、探しに来てくれたのかな？
唇が離れると、あたしと稜を繋ぐ銀色の糸が。
あたしはぼーっとしながら稜を見つめた。
「唯、ちゃんと答えて」
真剣な稜の顔に、声に
逆らうことが出来なくて……
あたしはゆっくり口を開いた。
「サリーと稜が、一緒にいるところ、見たくなくて……」
「え？」
「サリーは稜が好きだから、綺麗で可愛いサリーが稜に『好き』って言ったらどうなるのかなって、不安で……」
言ってるうちにだんだん涙が溢《あふ》れてきて、あたしの頬に大粒の涙が伝った。
「稜の側にいる自信が無くなってきて、あたし、どうしたらいいかわからない……」
あたしは稜のジャージをギュッと掴んだ。
すると稜があたしを思いっ切り抱きしめた。
「好きだから一緒にいたい。それだけじゃダメ？」
「え？」
「自信とかじゃなくて、ただ一緒にいたいから側にいるんじゃないの？」
「一緒に……？」
「俺はサリーより唯と一緒にいたいんだけど？」
胸がいっぱいになって、何も言えなかった。

ただ稜のジャージを強く掴むことしか出来ない。
稜が抱きしめる力を弱めてあたしの顔を覗《のぞ》き込んだ。
「フランとサリーに誘われたハロウィンパーティー、あんまり可愛い格好とかすんなよ」
「どうして？」
「俺以外の男に襲われたくねぇから」
「大丈夫……」
「大丈夫じゃない。言ったろ？　お前は自分の可愛さ分かってないって。
他の男に唯の可愛いとこ、あんま見せたくねんだよ」
少し赤くなりながら稜が言う。
あたしはフンワリ笑うと、稜に自分からキスをした。
それからしばらく、二人でキスに酔いしれた。

ハロウィンパーティー当日。
あたしは芽依と二人、目の前の光景にため息をついた。
スーツ姿の稜と舜くんに群がる女の子達の群れ。
クラスメートはもちろん、全く知らない女の子達までいる。
近付けない。
あたしは芽依のドレスを引っ張った。
フランとサリーの家は驚く程大きくて、着いた途端男子はスーツに、女子はドレスに着替えさせられた。
綺麗な芽依にピッタリなドレス。
あたしは自分の格好を見てまたため息をついた。
「芽依は似合ってるからいいよね……」
「唯だって可愛いよ？」
「それにしても、相変わらずの人気だね」
「モテる彼氏も考え物だね。特に舜」
芽依が横で舌打ちをする。
あたしは舜くんを冷や汗を流しながら見た。

「あのニヤニヤした顔。さすがみんなの葉月くんね」
「いや、舜くんは芽依だけだよ」
「あの姿見たら、そんなこと言えない」
あたしは困ったように笑うしかなかった。
すると
「ユイ!!」
―ガバッ―
「きゃ⁉」
後ろからフランが抱きついてきた。
「フラン⁉」
「ユイ！　とっても可愛い!!　お姫様みたいだ!!」
「あの……っ」
猫のようにスリスリしてくるフランに困りはてる。
芽依も苦笑いだ。
戸惑っていると、遠くで女の子達の叫び声が聞こえた。
フランと芽依と声のする方を見ると、驚くべき光景が。
稜とサリーがキスしてる。
そのことに、足がふらついた。
あたしの体を支えるフラン。
あたしはフランに支えられながら、キスする二人から目が逸らせなかった。
怒りとかじゃなくて、凄《すご》く絵になってたから
思わず見とれちゃって……
だんだん悲しくなってきた。
「稜……」
二人が涙で歪《ゆが》む。
どうして……
あたしの声は届かないの？
こんなにも あなたが好きなのに……。
あたしはフランを押し退けてパーティー会場から飛び出した。

頭から離れない二人のキス。
嫌だ。
消えて!!
消えてよ!!
あたしは石につまづいてコケた。
足から血が出る。
あたしは自分の足を触った。
通り過ぎる人達が座り込むあたしを憐れむように見ていく。
やめて。
そんな目であたしを見ないで。
あたしは涙を流しながらうつむいた。
痛い……。
どこが?
足?
それとも、心?
あたしは心臓を押さえた。
服をギュッと掴《つか》む。
嫌だ。
嫌だ。
稜はあたしの彼氏なの。
触らないで。
近寄らないで。
頭に映るサリーに、どんどん醜《みにく》い感情が生まれる。
こんなことになるなら
〈サリーなんて、いなければ良かったのに〉
「……っ!!!!」
あたしは両手で口を押さえた。
目を見開く。
あたし、今、最低なこと考えた。
絶対思っちゃいけないこと思った。

人を、こんなに憎むなんて……。
あたし……。
更に溢れ出す涙。
最低……
あたし、最低だ……
醜い……
気持ち悪い……
座り込むあたしの肩に、誰かが上着をかけた。
驚いて振り返ると、フランが息切れしながらあたしに自分のスーツの上着をかけていた。
「あ……」
「ごめんね、ユイ。ユイにこんな顔させるためにパーティーに誘ったわけじゃないんだ。なのにサリーのやつ……」
あたしは涙でグチャグチャの顔のままフランに抱きついた。
「ユイ？」
「ごめんね、フラン!!　あたし、一番思っちゃいけないこと思っちゃった!!」
「え？」
「サリーが稜を好きなのは分かってた!!　好きになったら仕方ないって気持ちも分かる!!
だけど、あたしさっき『サリーなんていなければ良かったのに』って思っちゃったの!!
酷《ひど》いよ!!　自分が醜いよ!!　真っ黒い感情しか出てこない自分が怖いよ!!」
あたしを見て固まるフラン。
そうだよね。
気持ち悪いよね。
嫌だよね。
そんなこと思うやつに抱きつかれて泣かれてるなんて。
あたしはもう一度フランに謝って離れようとした。

するとフランがあたしの顔を両手で優しく挟《はさ》んだ。
「フラン？」
「そう思うのは、当たり前だよ」
「だけど……」
「ユイ」
フランが真剣な顔であたしを見る。
目が逸らせない。
するとフランがゆっくり口を開いた。
「Trick or Treat」
「とりっく、おあ、とりーと？」
「知ってる？　ハロウィンでのお決まりのセリフ」
「あ……」
「お菓子をくれなきゃ、イタズラしちゃうぞ」
そう言ってフランが顔を近付けた。
「あたし、お菓子なんて……」
「だったら、イタズラしちゃう」
そう言われて、聞き返すことも出来ずに
あたしとフランの唇は重なっていた。
輪郭がぼやけるぐらい近くにフランがいて
息がつけないぐらい激しいキス。
押し返そうとしてるのに、手に力が入らない。
あたしはギュッと目をつぶってフランから離れた。
「やっ!!」
あたしは立ち上がって走り出そうとした。
でも、フランに抱きしめられて出来なかった。
フランがあたしの怪我をした部分を舌で舐める。
その行動にピクッと動く。
どうして？
それしか考えられなくて、あたしは目をギュッと閉じた。
「ユイ……」

フランの唇が首筋を這《は》う。
やだ……。
やだよ……。
稜じゃなきゃ……
稜じゃなきゃ やだよ……っ
「やあっ!!!」
あたしの目から涙がこぼれ落ちた。
すると、フランの唇の感触が無くなって
代わりに誰かにギュッと抱きしめられた。
知ってる。
この匂い……
この温もり……
大好きで、ずっと抱きついていたくて
離れたくない……
あたしはゆっくり口を開いた。
「りょ……お…っ」
「唯、ごめん……」
あたしは稜に抱きついた。
すると稜があたしを抱き上げた。
「フラン」
「……何？」
「次、唯にこんなことしたらぶっ殺す」
そう言うとフランが笑い出した。
「ハハッ。自分のことを棚に上げてよく言うよ」
ひとしきり笑った後、フランが怖いぐらい冷めた口調で言った。
「ユイを泣かせてるのは誰？　僕？　それとも、リョウ？」
「あ゛？」
「さっきのリョウのセリフ、そっくりそのまま返してあげる」
そう言ってフランは歩いて行った。
一瞬、フランが怖くなった。

気持ち悪いって思った。
フランは別に嫌いじゃないのに……
どうしてそんなこと思ったりしたんだろう……
あたしは稜の服を掴んだ。
すると稜があたしを抱き上げたまま歩き出した。
不思議に思っていると、稜の家に着いて
あたしは稜の部屋に連れ込まれて、ベッドに放られた。
目の前にいる稜は不機嫌で、怖いぐらい冷めた眼差しをあたしに向けていた。
「稜……？」
そう言うと稜があたしの体の両サイドに手を置いて、あたしを逃がさないとでも言うように顔を近付けてきた。
崩れたスーツ姿は色っぽくて、あたしは顔を赤くして稜を見つめた。
すると稜は無言であたしの首筋に唇を這わせてきた。
首筋だけじゃない。
怪我した足にも、腕にも、肩にも
どんどん稜が唇を這わせる。
稜……っ
稜……っ
声が出なくて、泣きたいわけじゃないのに何故《なぜ》か涙が出てきて
あたしは顔を赤くして少し息切れしていた。
すると稜が唇を少し離して、あたしの顔を間近で見つめた。
「ムカつく」
「え……？」
「俺以外のやつが唯に触れたってことが、すっげえムカつく」
そう言って稜が顔をグッと近付けてきた。
その瞬間、頭にさっきのサリーと稜のキスシーンが浮かび上がる。
あたしは稜の肩を押して顔を背けた。

「唯？」
「サリーとキスしたその唇で、あたし、キスしたくない……」
何言ってるんだろう。
「あたしにキスするのはどうして？　遊び？　サリーとキスしたことの罪滅ぼし？」
こんなこと、稜を困らせてるだけだって分かってるのに……
稜はそんなことでキスする人じゃないって分かってるのに……
「二人がキスしてるとこ、凄く絵になってたよ。まるで映画やドラマを見てるみたいだった」
分かってるのに……
口が、勝手に動く……
「そんなの見せられて、キスなんて出来ないよ。自分が惨めになる……」
稜を傷付ける、酷い言葉。
自分の醜さを実感する、最低な言葉。
「稜の側にいるような存在じゃない。あたしは稜に不似合いだよ」
やめて。
こんなことが言いたいわけじゃない。
嫉妬で狂ったあたしに囁《ささや》く悪魔。
『辛《つら》いなら別れちゃえ』
嫌だ。
別れたくない。
『その自分勝手な想いのせいで、稜が傷付いても？』
嫌だ。
嫌だよ。
ずっと稜と一緒にいたいよ。
『さっきのフランの言葉は、お前にも言える言葉』
さっきのフランの言葉？
『自分のことを棚に上げてよく言うよ』

―ドクン―
心臓が嫌な音をたてる。
そうだよ。
稜ばかり責めて、あたし何してるの？
自分だってフランとキスした。
なのに、あたし……
涙が溢れ出す。
最低……
最低だよ あたし……
黒い……
真っ黒……
あたしは口を手で思いっ切り擦《こす》った。
何回も 何回も
頭にフランとキスしたことが離れない。
なかったことにしようとしてるみたいに、何回も擦った。
消えないのに……
起きてしまったことはなかったことになんて出来ないのに。
あたしは必死に擦った。
「唯？」
「ごめんなさい!!　ごめんなさい!!」
「ちょっ!?　とりあえず落ち着け!!」
稜が優しくあたしの肩を掴む。
どうして心配してくれるの？
あんなに酷いこと言ったのに、どうして優しくしてくれるの？
その優しさが、今は物凄く辛いよ…っ
あたしは涙でぼやける目で稜を見た。
「あたし、本当は稜のこと言えないの……」
「え？」
「あたしも、フランとキスしちゃったから……っ」
稜が目を見開く。

消したい。
こんな自分を今すぐここから消したい。
もっと稜に似合う心の綺麗な女の子に生まれたかった……

自分の気持ち

あたしが我慢すれば
きっと全て上手くいく
だけど
醜《みにく》い嫉妬があたしを支配する

ハロウィンパーティーから数日。
あれから稜とは話してない。
あのあと、稜に『出ていけ』と怒鳴られ、あたしは逃げるように部屋を飛び出した。
いつ別れを切り出されてもおかしくない。
あたし、凄《すご》く怖がってる。
あれだけ勝手なこと言っといて、別れたくないなんて
自分勝手にも程がある。
醜いあたしのエゴ。
あたしは教室にいたくなくて、何故《なぜ》か保健室に来ていた。
どうして、ここに来ちゃったんだろう……。
別のとこに行こうとした瞬間
「吉岡さん？」
伊波先生に呼び止められた。
保健室の中に案内されて、あたしはベッドに腰掛けた。
伊波先生があたしに紅茶を差し出す。
あたしはペコッと頭を下げて紅茶を受け取った。
「どうしたの？」

伊波先生があたしの顔を覗《のぞ》き込む。
そしてあたしの顔に手を伸ばした。
「泣いてたの？」
先生の言葉に頷《うなず》くことしか出来ない。
きっと口を開けば涙が溢《あふ》れて零《こぼ》れるから。
「吉岡さんは、自分の感情をあまり表に出さないわね」
「え？」
「本当はもっと甘えたいのに、嫌われるのが怖くて何も言えない。いろいろ我慢しないで、思いっ切り自分の気持ち言えばいいのに」
自分の気持ち……
あたしは紅茶のカップをギュッと握り締めた。
「だめ、なんです……」
「え？」
「自分の気持ちを言ったら、嫌われちゃいました……」
また目から涙が溢れ出す。
ポタポタと涙が膝の上に落ちる。
「あたしの気持ちは、真っ黒で気持ち悪い、醜い嫉妬しかなくて、相手を思いやれない最低な感情しかない……。
嫌われてもおかしくない。あたし、最高に汚い感情しか持ってないんです……」
あたしは伊波先生にハロウィンパーティーでのことを話した。
伊波先生は真剣に聞いてくれて、それが何だか無性に嬉《うれ》しかった。
全て話し終わると伊波先生があたしの頭に手を置いた。
「吉岡さんは汚くない」
「でも……」
「あれだけカッコイイ彼氏がいたら、誰だって不安になる。
本気で好きな人が自分以外の誰かに触れられてたら、嫉妬が渦巻くのは当たり前よ」

「でもあたし、稜に散々酷《ひど》いこと言っといて、自分も稜以外とキスしたんです!!」
「吉岡さんがしたくてしたわけじゃない。無理矢理だったんでしょう？　ちゃんと拒《こば》んだんでしょう？」
あたしはゆっくり頷いた。
すると伊波先生は優しく微笑んだ。
どうして、伊波先生は優しくしてくれるんだろう。
自分だって、稜が好きなのに。
あたしは伊波先生をジッと見つめた。
「吉岡さん、不思議そうな顔してる」
「え…？」
「自分の気持ちを言って良かったって思ったこと、教えてあげよっか」
伊波先生がフンワリ笑う。
あたしは首を傾《かし》げた。
「最近あたしね、好きな人と付き合うことになったの」
「え？」
好きな人…？
伊波先生の好きな人は稜のはずなのに…？
不思議に思っていると伊波先生が笑った。
「そっか。確かに前、有沢くんのこといいかもって吉岡さんに言ったわね。
それはきっと、自分の気持ちに正直で、真っ直ぐ前を見てる有沢くんのこと、うらやましかったのもあったのね。
そんな気持ちに気づいたら、なんかもっと凄い恋してやろうって思ったの。
そこに現れたのが、失恋したてだった今の彼」
「え？」
「傷付いてる彼を放ってはおけなかった。助けたい、側にいたい。そうしてたら、だんだんだんだん好きになってた」

「先生……」
「うん。普段なら身を引いてたと思うんだけど、それじゃあたしの気持ちはどうなるの？って感じで、あたしは自分の気持ちを大切にした。
そしたらね？　彼も好きだって言ってくれたの」
「あ……」
「あたしが言いたいこと、分かった？
他人がどうこうじゃない。自分がどうしたいか。ただそれだけなの。だから、吉岡さん。自分の気持ちを押し殺さないで。否定しないで。気持ちは言葉にしなきゃ伝わらない。思ってるだけじゃ可哀相だよ。
大丈夫。有沢くんがぶつけてくるなら、こっちも気持ち、ぶつけ返してやろう」
伊波先生がニコッと笑う。
あたしは伊波先生に頭を下げた。
「ありがとう、ございました!!」
そのままあたしは走り出す。
稜を、大好きな人を必死で探して。
稜に告白された裏庭。
初めて手を繋《つな》いだ音楽室。
初めてキスした視聴覚室。
初めて稜の前で泣いた体育館倉庫。
初めて『有沢くん』から『稜くん』に変わった用具室。
そして
初めて出会った図書室。
あたしは息切れしながら図書室の扉を開けた。
中に入ってゆっくり歩く。
するとやっぱり稜は出会った時と同じ場所で、同じ格好で寝ていた。
テスト期間前だからか、稜の周りにプリントが散らばっている。

そういえば、あの時もテスト期間前だったな。
あたしはクスッと笑って床に落ちている難しい数式が書かれたプリントを拾った。
開いてる窓から秋の冷たい風が入ってくる。
すると稜が「んっ……」と小さく呻《うめ》いて目を覚ました。
あたしは稜の目線の高さになるようにしゃがんで、フンワリ笑う。
そして稜にプリントを差し出した。
「おはよう」
そう言うと、稜は目を見開いてあたしを見た。
ずっと、自分が我が儘言えば相手を困らせるだけだと思ってた。
でも、気持ちは思うだけじゃ伝わらない。
ちゃんと言葉にしなきゃ。
ウザくても
邪険にされても
それでもちゃんとあたしの気持ちを分かって欲しい。
あたしは稜に笑いかけたまま口を開いた。
「あたし、ずっと稜が好きだよ」
「え？」
「これからも絶対変わらない、稜への気持ち。
だからあたし、嫉妬しちゃうんだよ？
好きだから、あたし以外の女の子に触られたくない。あたしだけの稜だって、心のどこかで思ってた。
それがこの間爆発しちゃって、酷いこと言ってごめんなさい。
稜はあたしだけの稜じゃない。稜は稜だけのもの。稜が誰を好きになろうと、それに干渉する権利は誰にもないんだ」
あたしは稜にニコッと笑った。
「今までずっと『離れないで』『側にいて』って思ってた。だけど、離れようが側にいようが、それを決めるのは稜。
つまり、あたしが言いたいのはね？

稜が思うようにすればいいんだってこと」
「思うように……」
「うん。あんなこと言って、あたしは嫌われちゃったと思うけど、あたしはあたしで思うように頑張るから」
「どういう……」
「また、一からやり直そう？」
稜が固まる。
沈黙がしばらくあたしと稜の間に流れた。
「もう一回、一からやり直して、あたしはもう一回稜を好きにさせる。もう一回、稜の彼女になれるように頑張る。
だから、やり直そうよ。今度はお互いの気持ち、ちゃんと言い合ってさ」
あたしはそう言って立ち上がると、満面の笑みを稜に向けた。
「じゃあね。『有沢くん』」
稜に背を向けて歩きだそうとすると、後ろからギュッと抱きしめられた。
何度も 何度も嬉しさを噛み締めた温もり。
あたしは回された腕にソッと手を置いた。
「有沢くん？」
「やめろ……」
「え？」
「『有沢くん』なんて、言うな……」
「でも……」
「俺、別れる気ないって言ってるじゃん。どんなに唯が別れたいって言っても、絶対聞いてやらないって。
一からやり直すのは、別れなきゃいけねぇの？　付き合ったままじゃいけねぇの？」
「あ……」
「唯、俺の思うようにしていいって言ったよな。
だったら

ぜってぇ別れねぇ」
我慢してた涙が目からポロポロ溢れ出す。
いいの？
あたしは稜の側にいていいの？
離れなくていいの？
あたしは稜の腕を更にギュッと掴《つか》んだ。
「唯、こっち向いて」
稜にゆっくり向かされる。
あたしは涙で歪《ゆが》む稜の顔をジッと見つめた。
「ずっと、唯にこんな顔させてんだな」
そう言って、稜があたしの唇を奪った。
暴れ回る稜の舌。
あたしはぼやける頭で必死に稜の名前を呼んでいた。
ゆっくり離れる稜。
あたしは間近にある稜の顔をトロンとした目で見た。
「お互い、消毒」
「え？」
「フランにキスされたことなんて、忘れさせてやるよ」
そう言って稜はフッと笑うと、もう一度あたしにキスをした。
あたし、やっぱり稜から離れたくないな。
ずっと側にいたいな。
あたしは離れた稜にニコッと笑いかけた。
「稜、大好き」
「俺も。フランなんかにぜってぇ渡さねぇから」
「大丈夫!!　あたしが撃退してみせる!!」
「人を拒めない唯が？」
「稜が嫌がるなら、あたし頑張る!!」
「……あんま無茶すんなよ」
「うん!!」
稜があたしの頭を撫《な》でる。

あたしは笑顔で稜を見た。
スッキリとした気持ち。
そんなあたしと正反対の顔を稜がしていたなんて
この時あたしは気が付かなかった。

テスト勉強

冬休み直前のテスト
赤点とったら
冬休み返上の補習地獄……

あたしは数学のノートを握り締めて黒板を見つめている。
あと一週間でテスト開始。
だけどつい最近まで稜のことで頭がいっぱいで勉強してなかった。
あたしは苦手な数学を泣きそうな顔で受けていた。
隣を見ると、気持ち良さそうに寝ている稜。
前を見ると、余裕の表情の芽依。
斜め前を見れば、同じようにポカンとしてる舜くん。
あたしは小さくため息をついた。
そうこうしてるうちに授業が終わった。
あたしは数学の問題集とにらめっこ。
意味、わかんない……。
稜に聞こうにも、稜はクラスメートに引っ張り凧。
芽依に聞こうにも、芽依は舜くんで手一杯。
どうしよう……。
また数学赤点かも……。
泣きそうになりながらノートを見つめていると、ポンと頭に手が置かれた。
見上げると稜が物凄《ものすご》く近くであたしを見ていた。

「りょ……お……」
顔が近くて、上手く言葉が出ない。
あたしは真っ赤になって稜を見つめた。
「何してんの？」
「テスト……勉強……」
「そういや、唯って数学苦手だったっけ？　去年補習だったよな」
「なんで知って⁉」
「舜に道連れにされて、俺も去年補習受けたから」
そう言って稜がフンワリ笑った。
「俺が教えてあげよっか」
稜が教えてくれる？
あたしが口を開こうとすると
「稜ー‼」
「ここわかんない‼」
「ちょっと来てー‼」
明るい声が飛んできた。
可愛い女の子達と、ヤンキー風の男の子達。
「あ……」
あたしは開いた口をギュッと噛み締めた。
稜に頼っちゃダメ。
だって稜は、みんなにも教えなきゃいけなくて……。
あたしは首をブンブン左右に振った。
ダメだ‼
自分の気持ち、ちゃんと言うって決めたんだもん‼
あたしは稜の制服の袖を掴《つか》んだ。
「じゃあ、今日帰りに稜の家行っていい？」
稜は一瞬目を見開いて、またフンワリ笑った。
「可愛い彼女にそう言われて、拒否するわけないじゃん」
そう言って稜がさっきの声の方を向いて叫んだ。

「ごめん!!　お前らより、彼女優先!!」
稜がギュッとあたしの腰を掴んで抱き寄せる。
その大胆な行動に、女子から悲鳴の嵐。
男子とあたしは真っ赤になっていた。

放課後。
あたしと稜は結局、図書室に来ていた。
目の前で優しく教えてくれる稜にドキドキしながら、あたしは問題集を解いていく。
ていうか……
全然頭に入らないんですけど。
あたしはチラッと稜を見た。
一問一問丁寧に教えてくれるその姿に見とれてしまう。
その時、稜があたしの視線に気付いたのか、パッと顔を上げた。
「唯？　聞いてた？」
「え⁉　えっと……」
「聞いてなかったんだ」
「う……」
言葉に詰まると、稜が頬杖をついて微笑んだ。
「俺に見とれちゃった？」
「え……」
「ずるいな、唯。俺だって唯のこと見つめてたいのに」
「⁉」
思わず真っ赤になって目を見開く。
稜はニコッと笑ってあたしの隣の席に移動した。
そしてあたしを自分の膝の上に乗せて耳元で囁《ささや》いた。
「唯が赤点とったら、俺も補習出るよ」
「ダメ!!　悪いよ!!　稜は赤点なんかとらないぐらい頭良いんだから!!」
「でも、俺は唯と一緒にいたい。冬休みに唯と会えないなんて、俺にとっては死刑に近いよ？」
「でも……」
「悪いと思うなら、赤点とらないように頑張って」
稜があたしの耳に息を吹き掛けた。
ビクッとしてお腹に回された腕をギュッと掴んだ。
稜があたしの耳を優しく噛んだ。
どうしよう。
そんなことされたらあたし
もう理性保てない……
そう思った瞬間、稜があたしの顔を掴んで後ろを向かせた。
唇と唇が重なり合う。
熱い 熱い 稜の唇。
どんどん真っ白になる頭。
何度も 何度も求め合う。
勉強しなきゃいけないのに
どうして稜といると理性を壊されるのかな。
ゆっくり離れる稜。
間近で見つめられて、息が詰まりそうになった。
「クリスマスさ」
「え？」
「二人で一緒に、パーティーしよっか」
稜と二人の……
あたしは笑顔で頷《うなず》いた。
「そのためには、とにかく赤点回避しなきゃ」
チュッと稜があたしの頬にキスをする。
あたしは数学の問題集に目を落とした。
そうだ。
あたし、頑張らなきゃ。
あたしはシャーペンを掴んで問題を解き出した。
そんなあたし達を図書室の扉から冷たい目で見てる人達に、あたし達は気が付かなかった。
ついにテスト開始。
クラス中が問題を解くシャーペンの音に包まれる。
あたしは稜に教えてもらったことを思い出しながら一問一問丁寧に解いた。
スラスラ解ける……。
数学、苦手なのに……。
わかる……。
にやける顔を抑えることは出来なくて、あたしはにやけたまま問題を解いた。
テスト終了。
緊迫した空気が緩む。
あたしは稜と顔を見合わせて笑い合った。
「どうだった？」
「稜のおかげで簡単に解けたよ!!　ありがとう!!」
「じゃあ、お礼は唯の体で」
「!?」
真っ赤になるあたしを優しく見つめる稜。
すると芽依と舜くんが振り向いた。
「有沢くん。純粋な唯に何て卑猥なことを」
「仕方ないって芽依。稜は狼だもん」
「このバカップル。好き勝手言いやがるな」
みんなの会話が聞こえない。
どうしよう……
あたし、稜のこと満足させること出来ないよ……
なんせ
貧乳&テクニック0だもん……。
あたしはため息をついて窓の外を見た。

拉致《らち》

稜に告白されたクリスマス
あたしにとっては
一生忘れられないクリスマス

今日から冬休み。
クリスマスイブ。
あたしは芽依と一緒に中庭の大掃除をしている。
稜と舜くんは用務室にゴミ袋を取りに行った。
あたしと芽依以外の子達も手分けして中庭掃除をしている。
「早く掃除終わらないかなぁ」
「ほうきにもたれてないで、芽依も早く掃いて」
「ていうか、めちゃくちゃ寒い」
「だから、早く終わらせて教室戻ろうよ」
芽依はため息をついてうなだれた。
「そういや唯」
「ん？」
「付き合って一年記念日の今日、旦那《だんな》様とはどうお過ごしで？」
「どうって言われても……」
答えに困っていると、後ろから首に腕が巻き付いた。
「稜!!」
「そりゃあ、いつもより甘ぁい過ごし方するに決まってんじゃん」
「なっ」と微笑む稜。

あたしはほうきを握り締めてうつむいた。
「ほら。唯が風邪引かないように」
フワッと首にマフラーが巻かれる。
微かに香る稜の匂い。
あたしは稜を振り向いた。
「これ、稜のマフラーだよね？　だったら稜が……」
「いいから。おとなしく巻かれとけ」
ポンと頭に手を置いて微笑む稜。
あたしはマフラーをギュッと握って笑いかけた。
「……ありがとう」
「どういたしまして」
同じように笑いかけてくれる稜。
そんなあたしと稜の間に舜くんが入ってきた。
「そんなキザなことすんなよ稜!!」
「は？」
「なんで女子の視線独り占めしてんだよ!!」
「別に。俺は唯の視線独り占め出来たらそれでいい」
フンワリ笑ってあたしの頭を撫《な》でる稜。
あたしは稜にぐっと手を引っ張られた。
「ていうか、唯に風邪引かれると困るし。せっかくの冬休み、唯に苦しんで欲しくないし」
「あのなあ……」
反論しようとした舜くんがビクッと肩を震わせた。
舜くんの後ろには、恐ろしいオーラを纏《まと》った芽依。
「舜。あんたには有沢くんみたいな紳士な気持ちはないのか」
「いやっえっと……」
「女の子の理想の彼氏の有沢くんとずっと一緒にいて、どうして何も学習しないの⁉　あんたはぁぁあぁぁ!!」
「ごめんなさい!!　今すぐマフラーなりコートなり取ってきます!!」

芽依がほうきを振りかざして舜くんを追いかけ回す。
二人は走りながら校舎に駆けて行った。
そんな二人を見て、あたしと稜は顔を見合わせて笑った。
掃除が終わり、ＨＲも終わり、帰ろうと思った矢先、稜はクラスメートに引き止められた。
あたしは稜のことを保健室で待っている。
伊波先生があたしにココアを淹れてくれた。
「ありがとうございます」
「どういたしまして」
「すいません。こんな日に来て……。紛らわしいことしましたよね……」
「ううん。大丈夫よ。どうしたの？　辛そうね」
「稜が人気者だって、こういう時思い知らされるんですよね……」
あたしがため息をつくと、伊波先生があたしの頬っぺたを軽く引っ張った。
「また言いたいこと我慢したの？」
「だって、稜もクラスメートとしばらく離れるのは寂《さび》しいと思うし……」
「だからって、彼女の吉岡さんがどうして我慢するの」
「だって……」
そう言うと保健室の扉が勢いよく開いた。
飛び込んで来たのは、半泣きの雪くん。
「雪!!」
「雪くん!?」
「緑!!　唯ちゃん!!　助けて!!」
…今、雪くんは先生のこと「緑」って呼んだ？
雪くんが伊波先生の後ろに隠れる。
そんな雪くんを、一人の女の子が凄《すご》い形相で追いかけてきた。
「かーいーちょー!?」

「うわあぁぁあぁぁ!!」
その女の子は、前に雪くんといた時に同じように追いかけてきた女の子だった。
「日野さん、許して!!　後は俺がなんとかするから!!」
「家でちゃんと仕事するって誓います⁉」
「誓います!!　誓います!!」
「本当ですか⁉　最近出来た『超絶可愛い彼女』にデレデレしてて冬休み終わりましたとか新学期に言った暁には、この学校に埋めますからね!!」
「大丈夫!!　やるって!!」
「今度剛志とのデートを延期にしやがりましたら、地中海料理に会長を出してやる!!」
「わかった!!　わかったから!!　早くデート行きなよ日野さん!!」
日野さんと言われていた女の子は怒りながら保健室を出て行った。
雪くんが全身で息をつく。
「雪、日野さんに何したの？」
「今期のレポート忘れた」
「そりゃ怒られて当たり前ね」
先生も雪くんを「雪」って呼んでる。
そうか。そうなんだ…。
あたしはうなだれる雪くんを励ましている伊波先生を微笑ましく見つめた。
幸せな人を見ると、どうしてあたしの心まで温かくなるのかな。
あたしはクスッと笑った。
「それじゃあ、伊波先生、ありがとうございました」
「あら？　吉岡さん、もう行くの？」
「有沢くん、保健室に来るの待ってるんでしょ？　唯ちゃん」
「うん。でも下駄箱で待ちます。…二人の邪魔は出来ませんから」
二人が赤くなる。
あたしはクスクス笑って保健室を出た。
下駄箱で空を見上げる。
なんか、雪降りそう……。
ホワイトクリスマスになったらいいな。
あたしは空を見上げて笑った。
すると
「ユイ？」
「え？」
声のする方を見ると、フランが立っていた。
そういえば、フランとはハロウィンパーティー以来話してない。
ちょっと気まずいな……。
あたしは下を向いた。
「ハロウィンパーティーでは、ごめんね」
「……ううん」
「どうしても、ユイを助けたかったんだ。それがあんな風に、一方的に気持ちぶつけるようにしてごめん」
あたしはちょっとだけ顔を上げてフランを見た。
申し訳なさそうにうなだれるフラン。
あたしは少し左右に目を泳がせて、フランの顔に手を伸ばした。
「フラン、あたし怒ってないよ」
「ユイ……」
「確かに怖かったけど、でもフランがあの時来てくれて、ちょっと気持ちが楽になった」
「でも僕は……」
「フランは人の気持ちを軽く出来る凄い人なんだから、悲観的になっちゃダメだよ」
あたしはフランから手を離して微笑んだ。
「フランは、あたしなんかよりもきっとずっといい人と巡り会えるよ。
だから、悲観的になっちゃダメ」
そう言うとフランはギュッと唇を噛み締めた。
「ユイよりもいい人？　そんなの……」
「フラン？」
フランがあたしを怖い表情で見た。
体が恐怖で動かない。
どうしちゃったの？
「そんなの見つかるわけないだろ‼」
「フラ……」
「僕がどれだけ本気か、ユイは全くわかってないよ‼」
フランの目が正気じゃない。
どうしよう。
怖い。
フランが怖い。
あたしは何も言えずに固まった。
するとフランがあたしの首を軽くトンと叩《たた》いた。
足がふらついたと思ったら、なんだか目も霞んできて……
ダメだってわかってるのに、意識を保てない。
フランが倒れそうになるあたしを受け止めた。
「ユイ、もう絶対逃がさないよ。
I guess we are destined for each other.
（僕達は赤い糸で結ばれているんだ)」
フランが何を言ったのか、あたしには理解できなかった。
ただ、ゆっくりまぶたが下がってきて
あたしは意識を手放した。

ロミオとジュリエット

人を嫌いになるなんて
あたしには考えられない
いい子ぶってるとかじゃない
単にあたしに今まで、友達という存在がいなかったから
だから大事にしたい

ここ…どこだろう……。
ゆっくり目を開けると、見知らぬ部屋。
お伽話のお姫様がいそうな部屋だった。
なんて広い部屋なんだろう。
キョロキョロ辺りを見渡していると、ガチャっと扉が開いた。
「ユイ、起きた？」
「フラン!!」
フランがニコッと笑った時、あたしはハッとした。
ようやく理解した。
確かあたし、下駄箱でフランと会って、フランに首を叩かれて、
意識が……。
あたしは戸惑ったようにフランを見た。
「ここ、どこ？」
「僕の叔母さんの家」
「どうしてあたしを連れて来たの？」
「ユイを、僕のものにするために」
フランの笑顔にゾクッとした。

いつもの笑顔じゃない。
もっと黒く、もっと不敵な笑顔……。
思わず息を呑《の》んだ。
「ユイ」
フランがあたしのいるベッドまで歩み寄って来た。
ジリジリと後退りするあたし。
壁に張り付いて、あたしは体を震わせた。
怖い……。
稜……
稜……っ
ギュッと目をつぶると、フランにガシッと肩を掴《つか》まれた。
「今、ユイは誰のことを考えてるの？」
「え？」
目を開けて恐る恐るフランを見る。
その顔は憎悪に溢《あふ》れていて、声を失った。
「リョウ…に決まってるよね」
フランは舌打ちをしてあたしの手首をギュッと掴んだ。
「いつもそうだ」
「痛いよ…っ」
「ユイはいつもリョウを見てる。僕には見向きもしない」
「いた……っ」
フランに掴まれた手首が痛い。
涙が目に滲む。
どうして？
どうしてフランはあたしに執着するの？
あたしはフランを涙で滲む目で見つめた。
「ごめんなさい、フラン。どんなにフランが気持ちをぶつけてくれても、あたしは稜が好きなの……」
「どうして⁉」
「いっ……‼」

「リョウの何がいいの⁉　顔がいいから⁉　頭がいいから⁉　学校の王子様だから⁉」
こんな必死なフラン、初めて見た。
あたしは首を左右に振った。
「安心するの」
「え？」
「稜といると、凄《すご》く安心するの」
「何…それ……」
「あたし、稜と出会うまで友達もいなくて一人ぼっちだったの。そんなあたしの世界を、稜は広げてくれた。
稜と話してると、稜の側にいると、『あたし、ここにいていいんだ』って安心できるんだ」
真っ直ぐフランの目を見つめる。
わかってほしい。
あたしの気持ち。
フランは大切な友達だから、叶わない恋で傷つかないでほしい。
そんな願いを込めて、ただずぅっと見つめた。
すると、携帯の着メロが聞こえた。
あたしのカバンから聞こえる。
フランの力が弱まった瞬間、あたしはフランを振りほどいてカバンがある場所まで走った。
カバンを手にして携帯を探す。
携帯を見つけると、ディスプレイには『稜』の文字。
あたしはすかさず通話ボタンを押した。
「稜‼」
「唯？　今どこに……」
「助けて‼」
「え？」
「あたし今……っ」
全て言い切らない内に、あたしの手から携帯は奪われた。

悪魔のように冷たい目をしたフランに。
フランはあたしの腕を掴んだ。
そして
「リョウ、残念だったね」
あたしを見下ろしながらリョウと携帯で話し出した。
微かに聞こえる稜の声。
何を言ってるかわからないフランの英語。
あたしはただ、震えながらフランを見るしかできなかった。
フランが携帯を切る。
そして携帯を投げ捨てた。
部屋に沈黙が流れる。
あたしは耐えられなくなって下を向いた。
「How bothering！（面倒だ）」
え？
顔を上げるとフランがあたしの手を引っ張って部屋を出た。
連れて来られた場所は、たくさんのドレスがある衣装部屋。
そこでメイドさんらしき人に声をかけた。
「彼女に、一番似合うドレスを」
「かしこまりました」
メイドさんが頭を下げるとフランは手を離して衣装部屋から出て行った。
思わず呆然《ぼうぜん》とする。
どうしていきなりドレス？
首を傾《かし》げながらもメイドさんにドレスを着せてもらう。
すると衣装部屋にサリーが入って来た。
あたしのドレス姿を見て鼻で笑う。
「まっ、馬子にも衣装って感じ？」
「え？」
「貴女が私のお姉さんになるのはちょっとアレだけど」
「ちょっと待って。お姉さん？」

「せいぜい、恥をかかない程度にしなさいよ」
「待ってよサリー。話が全然…っ」
「貴女、今からフランと結婚式するんでしょう？」
「え⁉」
フランと結婚式⁉
あたしは目を丸くした。
聞いてない‼
思いっ切り首を左右に振る。
「あたし結婚なんて……っ」
「貴女の意見なんて誰も聞かないわよ。フランが決めたことなんですもの」
「え？」
「言わなかった？　私達、アメリカでは有名な会社の社長の子供なの。フランは未来の社長」
フランが……社長……？
思わず固まる。
サリーはあたしの顎を掴んで上を向かせた。
「だから、フランの決めたことには誰も逆らわない。諦めなさい。貴女はもう、フランの奥様になるの」
「そんな‼　あたしには稜が……っ」
「リョウのことは心配しなくていい。私が、愛してあげる」
頭が真っ白になる。
サリーが稜と付き合うってこと？
そんなの嫌だ。
あたしは目を見開いたまま固まった。
「安心しなさい。結婚しても、直ぐにリョウに会えるわ」
「え？」
「リョウと私が結婚すれば、離れずに済む。まぁ義理の姉弟にはなっちゃうけどね」
「!!!」

「姉弟は、愛し合えないでしょう？」
サリーがあたしの耳元で囁《ささや》いて、部屋を出て行った。
足に力が入らない。
そんな……。
そんな……っ。
涙がポタポタと地面に落ちる。
悪い夢だと 思いたかった。
稜と もう二人ではいられない。
あたしは心配そうに顔を覗《のぞ》き込むメイドさんに口を開いた。
「フランは、18歳じゃないですよね……」
「はい。17歳でございます」
「確か結婚は、男性は18歳だったはずではないですか？」
「はい。ですので、本日はご婚約、つまり結納をして頂く形になります。
正式なご結婚はフラン様が18歳になられる誕生日に執り行われるかと……」
婚約……。
婚約したら、あたしは稜ともう会えないのかな……。
もう 名前を呼んでもらうことも
抱きしめてもらうことも
キスしてもらうことも
全部 もう無理なのかな？
涙で、もう前が見えない。
あたしは、今のこの状況を物凄く後悔した。
あたしが、もっとちゃんとフランを拒《こば》めていたら。
あたしが、勇気を出して稜に声をかけていたら。
何かが、変わっていたかもしれないのに…。
全ての用意が出来てボーッとしていると、部屋にフランが入って来た。
「ユイのご両親も、もうすぐ着く」

「………」
「婚約を済ませたら、直ぐにアメリカに行くよ」
「………」
「一秒でも早く、ユイをリョウから離したいんだ」
フランはあたしの頬にキスをして部屋を出た。
きっと、もう稜には会えない。
これからは人形のように、ただ毎日を過ごさなきゃいけないんだ。
涙が頬を伝う。
すると部屋にお父さんとお母さんが入って来た。
「唯!!　あなたいきなり婚約するって聞いて、ビックリしたじゃない!!」
「唯!!　稜くんのことはいいのか⁉」
「そうよ!!　稜くんと結婚するんじゃなかったの⁉」
二人の言葉に涙が溢れ出す。
あたしはお母さんに抱きついた。
「唯？」
「お母さん!!　あたし結婚なんてしたくない!!　稜と離れたくないよ!!
あたしはお金なんていらない!!　地位も名誉もいらない!!　欲しいのは稜だけなの!!
フランと結婚なんて出来ないよ!!」
泣きながら言うあたしの背中を、お母さんも泣きながら撫《な》でてくれた。
するとお父さんがあたしの目を真っ直ぐ見た。
「お前の人生だ」
「え？」
「お前が、幸せになる道を選びなさい」
あたしが幸せになる道……。
あたしの頭に浮かぶ稜の笑顔。

あたしはお父さんに口を開いた。
「あたし、稜が好き……」
「うん」
「稜と一緒にいたい……」
「うん」
「稜じゃなきゃ、嫌だ……っ」
「それなら、ちゃんと自分で動きなさい。お父さんも、クビ覚悟で助けてやるから」
「え？」
お父さんがニコッと笑う。
「ローレンって、お父さんの勤めてる会社だぞ？」
「そんな!!　じゃああたしが逃げ出したりしたら……っ」
「いいんだよ。クビになるより、娘が自分のせいで辛《つら》い想いをする方が辛い」
「お父さん……」
「ほら、行っといで」
あたしはお父さんとお母さんに笑顔を向けた。
「行ってきます」
そう言って部屋を出て走り出す。
直ぐに警備員の人達があたしを捕まえようと動き出した。
どうしよう!!
この格好じゃ動きにくい!!
でも、ここで脱ぐワケにもいかないし……
困ってると、角を曲がったところで腕を引っ張られた。
部屋の前を警備員の人達が走り抜ける。
あたしは後ろを振り返った。
そこには、呆れ顔のサリーがいた。
「サリー⁉　どうして……」
「ユイ、あなたって本当に無茶苦茶ね。とりあえず、私の部屋ならまだ安心よ」

そう言ってサリーがあたしの制服を渡してくれた。
「どうして？　どうしてあたしを助けてくれるの？」
不思議に思ってそう聞くと、サリーはため息をついた。
「リョウにフラれたの」
「え？」
「リョウにユイとフランが結婚すること伝えたら、物凄く怒ってた。だから私言ったの。『私と結婚すればユイと一緒にいれる』って。
だけどリョウは強い目で『ユイじゃなきゃダメなんだ』ってキッパリと言い切った。
私、あそこまで真剣な人の心を変えるの無理だから。変える自信がないから。
だからせめて、リョウの手助けしようと思ったの」
サリーがあたしに笑いかける。
あたしは首を傾げた。
「降参よ。貴女には負けたわ。
もう誰も、リョウの心を変えることは出来ない。リョウはユイしか見てないもの」
「サリー……」
あたしもサリーに笑いかける。
するとサリーが窓を開けた。
「アオイ、後は任せたわよ」
いきなり窓から女の子が入って来た。
うわ……。
可愛い女の子……。
見とれていると、女の子があたしの手を引っ張った。
「あたし、三《み》浦《うら》葵《あおい》。この間、あなたの彼氏、有沢稜くんに不良に絡まれてるところを助けてもらいました」
女の子がニコッと笑う。
「だから、今度はあたしが恩返しする番。というワケで、この金持ち生徒会がお助け致します!!」
女の子が両手を広げた瞬間、ヘリコプターが来た。
えっと……
金持ち生徒会？
あたしは女の子の制服を見た。
その制服は、都内でも有名なお金持ち学校のもので
ヘリコプターに乗ってる人達も同じ制服を着ていた。
もしかしなくても、稜って凄い人を助けたんじゃ……。
あたしは呆気《あっけ》にとられてヘリコプターを見た。
すると
—バンッ—
「見つけた」
「フラン!!」
フランが部屋に入って来た。
サリーと葵さんがあたしの前に立つ。
あたしは恐怖で震えた。
すると、ヘリコプターから男の子が降りてきて、あたしの横を通った。
茶髪で黒縁メガネ。
アイドルのような男の子に、あたしは目を奪われた。
「久しぶりだな、フラン」
「ケイ……」
「ていうか葵、その構え何？」
「何って、啓知らないの⁉　ブルース・リーのポーズだよ!!」
「あー、はいはい」
葵さんの言葉を流してあたしを振り返る。
一瞬体がびくついた。
「俺、広瀬啓《ひろせけい》。生徒会長です」
葵さんに見せていた顔とは違う、優しい笑顔。
本当にアイドルみたい。

そう思っていると、広瀬さんがあたしに頭を下げた。
「広瀬さん⁉」
「この度は、俺のアホな彼女を助けて頂き、まことにありがとうございます」
「いや‼　あたしが助けたんじゃなくて、稜が……」
「有沢稜、ですよね？」
「はい……」
「俺の友達です」
「友達⁉」
思わず目を見開く。
稜の交友関係は幅広いとは思ってたけど、こんなお金持ちの人とも友達だなんて……。
「フランは、俺に任せて下さい。あなたは早く、王子様のもとへ」
「王子様？」
首を傾げると
「唯ー‼」
窓の下から稜の声がした。
身を乗り出して下を見る。
そこには、会いたくて 会いたくて
愛しい稜がいた。
「稜‼」
「おいで‼」
稜が両手を広げている。
心臓がドクンと鳴った。
だって稜の周りには
「吉岡さん‼」
「早く稜のとこに来て‼」
「有沢には吉岡さんしか無理だって‼」
クラスメートのみんながいたから。

涙がこぼれた。
稜。
あなたはやっぱり、あたしにたくさんのものをくれるね。
あたしはフランを振り返った。
「フラン、やっぱりあたしは稜が好き」
「ユイ……」
フランが悲しそうにあたしを見る。
あたしはフランに笑いかけた。
「だけどフラン。あたしは、フランを嫌いにはなれないよ」
「どうして……」
「だってフランは、あたしの大切な友達でしょ？」
フランが膝をつく。
あたしはニコッと笑いかけた。
怖かった。
フランから逃げたかった。
だけど、どんなに逃げたくても
どんなに怖くても
あたしはフランを嫌いにはなれない。
真っ直ぐ、あたしを好きだと言ってくれたから。
あたしの気持ち、一番に理解してくれたから。
あたしはフランに手を差し出した。
「フラン。これからも、友達だよ」
フランは涙を流しながらあたしの手を握った。
「俺ら、いらなかったな。葵」
「恩返しはまた今度だ、コンチクショウ」
「なんで葵泣いてんだよ」
広瀬さんと葵さんがヘリコプターに乗り込む。
するとヘリコプターが窓から離れた。
「広瀬さん‼　葵さん‼　ありがとうございました‼」
ペコッと頭を下げると、二人はあたしに手を振って去って行った。
あたしは下にいる稜を見つめた。
まるで、ロミオとジュリエット。
あたしはドレスのまま、窓に足を掛けた。
ねえ、ジュリエット。
あなたは敵対する家どうしの恋に辛さを感じていたんでしょう？
本当に愛してる人と結ばれない辛さで、あなたは毒を飲んだ。
あの世では、家のこととは関係なく付き合えると信じて。
ジュリエット。
あなたは、ここからロミオのいる場所まで行かなかった。
あたしは、あなたのように眺《なが》めてるだけなんて出来そうにもないわ。
だから……
あたしは手を広げる稜に向かって飛び下りた。
ギュッと、稜があたしを受け止めて抱きしめる。
だから あたしは
ロミオの場所まで飛び下りるよ。
「唯……」
「稜……」
ギュッと稜に抱きつく。
周りからは拍手が沸き起こった。
「唯ー!!」
「ゆーちん!!」
「芽依!!　舜くん!!」
二人が側に駆け寄る。
あたしは二人に笑いかけた。
「めちゃくちゃ心配したんだから!!」
「ゆーちん、ロミオとジュリエットみたいだったよ」
「ありがとう、二人とも」

二人にそう言って、あたしはクラスメートのみんなに頭を下げた。
「みんなも、ありがとう」
「いいよ!!　吉岡さんが無事なら!!」
「稜が必死に俺達に頭下げんだもん」
「そんなに大事な彼女なら、助けてやらねえとな」
あたしはフンワリと笑って、もう一度お礼を言った。
すると稜があたしを抱き抱えて歩き出した。
「稜?」
稜は何も答えずにスタスタ歩く。
着いた場所は稜の家。
あたしは稜の部屋のベッドに優しく下ろされた。
それからギュッと抱きしめられた。
「稜?」
「よかった。唯が、フランのもんにならなくて……」
「あたしは稜だけだよ?」
「そうだけど……」
稜があたしの顔を両手で包む。
「こんな姿、他の男の前でするなんて……」
「あ……」
稜の指があたしの首筋を撫でる。
すると、あたしの携帯が鳴り出した。
携帯を手にすると、ディスプレイには『お父さん』の文字。
あたしは通話ボタンを押した。
「お父さん?」
「稜くんとは会えたか?」
「うん。ありがとう、お父さん」
「いや。お父さんもクビにならずに済みそうだ」
「え?」
「フランくんが全て話してくれたみたいで、『うちの馬鹿息子がお騒がせしました』と頭を下げられてしまってね」
「そっか……」
「唯。もう何も気にしなくていいから。自分の幸せだけ考えてなさい」
「うん!!」
涙を拭《ぬぐ》いながら電話をしていると、後ろから稜に抱きしめられて携帯を取られた。
「稜?」
稜が指を唇にあてて微笑んだ。
「唯のお父さん。
僕は、本気で唯が好きです。一生離したくない大切な人です。
だから、もう二度と唯にこんな想いさせません」
稜……。
稜の言葉にウルッとくる。
稜はあたしの頭を抱き寄せて、言葉を続けた。
「今度、お宅にお伺いします。今日は本当に、申し訳ありませんでした。それから、ありがとうございました」
そう言って携帯を切ると、携帯をベッドの隣の机に置いた。
稜に色っぽい顔をして見つめられる。
そしてゆっくり押し倒された。
「稜?」
「今度、唯の家に行くから」
「え?」
「今回、俺の不注意で唯をこんな目にあわせた。そのお詫びと、これからについての話、しようと思って」
「これからについて?」
「うん」
稜はフンワリと微笑んであたしの頭を撫でた。
「その話は今度。それより今は、唯」
ギュッと抱きしめられる。

あたしは稜の服に顔をうずめた。
「ごめん、唯。これからは、どんなことがあっても離れないから」
「ありがとう……」
あたし達は見つめ合って、ゆっくりキスをした。
さっきの出来事を忘れさせるような、甘いキスを。

これから

ありえないくらい
ドキドキした一年間
今まで体験したことがない
充実の一年間
それは全て
貴方《あなた》がいたから……

年明け。
あたしと稜は初詣に行って、何故《なぜ》かあたしの家に向かっている。
凄《すご》くドキドキして、倒れてしまいそうになりながら。
「稜、お父さんとお母さん、許してくれるかな？」
「頑張ってなんとか説得してみる」
「稜のご両親は許してくれたね」
あたしが笑顔を向けると、稜がフンワリと笑って繋《つな》いだ手をギュッと握った。
「うちは、唯じゃなきゃ許さないって言われてるから」
「なんか嬉《うれ》しいな……」
「唯。絶対、ずっと一緒にいような」
「うん」
笑顔で稜を見ると、稜も笑顔を返してくれる。
あたし達は家までの道を歩いて行った。
あたしの家に着くと、二人とも立ち止まる。
ゆっくりと深呼吸。

「よしっ」
二人同時に呟《つぶや》いて家に入った。
「あら。唯と稜くん。どうしたの？」
お母さんがあたし達をリビングに通してお父さんと二人で目を丸くする。
あたし達は頷《うなず》いて二人に向き直った。
「お父さん、お母さん。話があるの」
「話？」
「あのね……」
あたしが言いかけると、稜がそれを制した。
そして二人に頭を下げた。
「ちょ⁉　稜くん⁉」
二人が稜の行動に慌《あわ》てだす。
でも、そんな二人を気にせず稜は頭を下げたまま。
「まだ高校生のくせに、こんなこと言うのも生意気だと思います。それでも、僕の気持ちは変わりません」
「稜くん？」
「何言ってるの？」
稜が顔を上げてお父さんとお母さんを見た。
「唯さんと、同棲《どうせい》させてほしいんです」
稜の言葉に二人が言葉を失う。
あたしは稜の手をギュッと握った。
「父の友人が経営するマンションに無料で入居させてもらえることになって、僕は唯さんと一緒にずっといたいってかねてから思っていました。
本来は一人暮らしの予定だったのですが、出来れば唯さんも一緒に住んでいただきたい。
僕の勝手なお願いで大変申し訳ないことは重々承知です。
ですが、出来ればご一緒に住む許可をお願いしたく、訪《たず》ねた次第です」

稜がもう一度頭を下げる。
あたしも二人に頭を下げた。
「あたしからもお願い!!」
「唯……」
「本気なの？」
「お父さんとお母さんが戸惑うのも無理ない。だけど、あたし達は本気なの。
ずっと一緒にいたい。離れたくない。
あたしは稜じゃなきゃダメなの」
真剣なあたし達を見て、お父さんとお母さんが笑い出した。
あたし達が顔を上げると、二人が優しく微笑んでいた。
「いきなりで驚いたけど、大丈夫。許可するよ」
「お父さん……」
「稜くんにはクリスマスでの借りがあるからね」
「それに、稜くんは未来の唯の旦那《だんな》様なんだから、信頼出来るし大丈夫」
「お母さん……」
「簡単に言ってるわけじゃない。お父さん、言っただろ？　自分の幸せだけ考えろって。
唯が稜くんと同棲して幸せなら、それでいいよ」
「高校生で同棲なんて、そうそうないわよ？　優しい親で、良かったわね」
「二人とも、ありがとう……っ」
あたしは涙を流してうつむいた。
あたしと稜は、なんて恵まれて生まれてきたんだろう。
世間では高校生の同棲なんてありえないのに
こんなにすんなりＯＫがもらえるなんて。
稜だからかな。
やっぱりあたし、稜に出会えて良かった。
あたしは涙を拭《ぬぐ》って、二人に握手されてる稜に笑いかけた。

そしてあたしと稜は家を出てジュエリーショップに来た。
「俺達って、付き合って一年経つのにペアリング持ってないよな」
稜のこの言葉で、あたしと稜はペアリング、もとい婚約指輪を買いに来たのだ。
「稜。無理しなくていいよ？　あたし、指輪なくても稜のこと好きでいる自信あるし」
「あのなぁ、俺はバイトしてんだよ。このために貯めたって言っても過言じゃない」
稜がクシャッとあたしの頭を撫《な》でる。
あたしは「ありがとう」と言って微笑んだ。
「それに、指輪してたら変な男とか唯に寄り付かないだろ」
「え⁉　あたし魅力ないから大丈夫だよ‼」
「無自覚ってとこがまた怖い」
稜はため息をついてあたしの鼻を軽くつまんだ。
「んで、どれがいいの？」
「このハート型のやつが可愛いなって」
「じゃあ、それにしよっか」
「いいの？　稜も選んで……」
「いいの。唯が気に入ったやつ、俺も付けたい」
そんな風に優しく微笑まれると、照れてしまう。
あたしは真っ赤になってうつむいた。
幸せ……。
好き 大好き。
毎日更新されていく想い。
稜……。
あたしもう、貴方から離れられない。

ジュエリーショップから出ると、いきなりヤンキー達に囲まれた。
何⁉
怯《おび》えながら稜の服を掴《つか》む。
稜はヤンキー達を睨《にら》みながらあたしの手を握った。
「何か用？」
「有沢稜だよな」
「それが何か？」
稜が怪訝《けげん》そうに首を傾《かし》げると、ヤンキー達が一斉に頭を下げた。
え？
びっくりして目を丸くする。
すると、真ん中にいた男の子が稜の手を掴んだ。
「俺‼　有沢さんのファンです‼」
え？
あたしと稜は思わず固まった。
周りのヤンキー達もキラキラした目で稜を見ている。
「この間、有沢さんが喧嘩してるとこたまたま見て、あの強さにマジ感動しました‼」
この間……。
もしかして、葵さんを助けたっていう時かな？
それかバイト終わりとか。
あたしが男の子をジーッと見てると、男の子があたしに気付いた。
「彼女さんですか⁉」
「うへ⁉」
「マジ彼女さん羨《うらや》ましいッス‼　こんな素敵な彼氏捕まえちゃって‼」
「えっと……」
「小動物系が好きなんですね⁉　有沢さん‼　そこもクールッス‼」
どこら辺がクールなんだろう。

あたしが稜の後ろでビクビクしてると、稜があたしの手を引いて歩き出した。
「あっ‼　有沢さん‼」
「お前らが俺を好いてくれてんのは嬉しいけど、あんま唯の前で喧嘩の話すんな」
「え⁉　なんかまずいんすか⁉」
「唯には、あんま怖い想いさせたくねぇ」
「‼」
男の子が稜を更にキラキラした目で見た。
「やっぱり有沢さんは神ッス‼　あっ‼　俺、今年有沢さんの学校に一年で入る予定なんで‼　よろしくお願いします‼」
そう言って頭を下げる男の子に手を振って歩き出した。
なんか強烈な子だったなぁ。
でも、やっぱり稜は凄いや。
あんな男の子の心まで動かしちゃうんだもん。
なんか誇らしいや。
あたしがフフッと笑うと稜が振り向いた。
「どうした？」
「ううん。なんでもない」
繋いだ手に力を入れて歩く。
一年前よりもグッと近付いた距離。
あたし、幸せだな。

そんな幸せな日々を満喫して、登校日になった。
稜と二人で学校に行くと、芽依と舜くんが詰め寄ってきた。
「二人が同棲って本当⁉」
「ゆーちんの純潔が‼　ゆーちんのピュアなハートが‼」
「本当」
「舜くん落ち着いて」
芽依の質問に冷静に答える稜。

パニックになってる舜くんをなだめてるあたし。
あたしは舜くんを落ち着かせながら芽依を見た。
「同棲するっていっても、４月からだけどね」
「でも凄いよ‼　有沢くんって、やっぱり女の子の理想の王子様だよ‼」
芽依があたしの手をとる。
すると芽依があたしの指輪に気付いた。
「何これ⁉　指輪⁉」
「うん。稜に買ってもらったの」
「超羨ましい‼　何⁉　同棲記念⁉」
「ううん。そうじゃなくて……」
「婚約指輪」
あたしが伝えるよりも早く、稜が口を開いた。
稜の言葉に目を丸くする芽依。
そして隣の舜くんを叩《たた》いた。
「痛っ⁉　ちょ⁉　芽依⁉」
「婚約指輪だってよ‼　婚約指輪‼」
「ごめんなさい。お金ありません。すいません」
「あんたのバイト代はどこに消えてんだコノヤロー‼」
舜くんが芽依に揺さ振られている。
あたしがオロオロしていると、稜が笑い出した。
「稜？」
「なんかさ、これからもこの４人でずっとつるんでいくのかなって考えたらおかしくて」
「確かに。みんなでいると楽しいね」
「俺ら、ずっとこんなんなのかな」
ぎゃーぎゃー言う二人を前に稜と微笑む。
すると稜があたしを抱き寄せた。
「何があっても、絶対守るから」
「稜……」

「これからも、ずっと一緒、な？」
コツンと合わせるおでこ。
あたしは稜に微笑んだ。
「うん!!」

あなたに出会って 恋を知った
あなたに出会って 涙を知った
あなたに出会って たくさんの気持ちを知った
あたし あなたに出会って良かった

色んなことがあったけど
それでも、どんな時でも助けてくれる最強彼氏様。

あなたも
溺《おぼ》れてみませんか？

あたし達の恋は まだまだこれから……

— END —

あとがき

『最強彼氏様』をお手に取ってくださった皆様、初めまして、★☆ラピ☆★です!!　そして、エブリスタからのファンの方、私、やったよ!!　ついに書籍化になりました!!　これも全て応援してくださった皆様のおかげでございます。

この話を書くきっかけは、私の友達とその彼氏の記念日のために小説を書くという話が仲間内で出まして。その話がこの小説なのです。そうです。唯と稜のモデルは実在してます。記念日に送った小説はノートに書いてプレゼントしたのですが、友達が『この話をたくさんの人に読んでほしい!!』と言ってくれたので、エブリスタさんに投稿することにいたしました。

皆さん、この話を読まれて『こんなこと言う男なんていない』と思われたと思います。ええ、そうでしょうね。でも稜のモデルとなった男の子は本当にそういう奴なんです。私は彼を『エセ王子』と言っていましたから。

そしてこの妄想《もうそう》と現実の入り交じった小説がまさかの書籍化になると言われ、私も友達も、そしてエセ王子も驚いていました(笑)。

妄想するのは得意なので、小説を書いている時は本当に天国なんです。アニメや漫画が好きなので妄想力には自信があるといいますか……。その妄想が爆発すると、こうした恥ずかしい小説が出来上がるわけでございます。ファンの人によく言われていました。『★☆ラピ☆★さんの小説は読むと顔が赤くなります』と。

でも、恋愛小説なんてものは読者を赤面させたもの勝ちだと私は思っています。だから凄《すご》く嬉《うれ》しかったのです。そのコメントを読んだ時。

元々私の小説は、書籍化目当てで書いているものではありませんでした。ただ私の妄想に共感してくれる人を見つけたいと思ったから、こうして小説を書いているわけで。だから書籍化のお話を伺《うかが》った時は本当に焦《あせ》りました。『私のこんな小説でいいものなのか』と。

甘さを包み隠さずストレートに出してしまっていますから、ちょっと不安です。こんなことになるならばもっとオブラートに包んで稜に台詞《せりふ》言わせれば良かったと思っています。私の言われたい台詞と本当に言われた台詞が入り交じっていますからね。

『私も稜みたいな彼氏欲しい!!』

そう思ってくれている人が一人でもいますように!!　そして、この小説が一人でも多くの人に愛されますように!!　そう願ってこのあとがきを終わらせていただきます。

エブリスタの皆様、ピンキー文庫の皆様、そしてこの本を手に取ってくださった皆様、そして何より、私をずっと応援してくださったファンの方々へ感謝を込めて……

★☆ラピ☆★

★この作品はフィクションです。実在の人物・団体・事件などにはいっさい関係ありません。

ピンキー文庫公式サイト
pinkybunko.shueisha.co.jp

★ ファンレターのあて先 ★

〒101-8050　東京都千代田区一ツ橋2-5-10
集英社 ピンキー文庫編集部 気付
★☆ラピ☆★先生

E★エブリスタで、本書の書籍化を応援してくれたサポーターのみなさん

苺飴	りさ	暇人
りん	ウーロン茶	misaki
love	ケモモン	真樹
柚夏里	ゆか	テリー
猫神	うーたん	ゆう

著者・★☆ラピ☆★のページ
（E★エブリスタ）

ピンキー文庫

最強彼氏様

2013年5月29日　第1刷発行

著　者　★☆ラピ☆★

発行者　鈴木晴彦

発行所　株式会社集英社
〒101-8050　東京都千代田区一ツ橋2-5-10
電話 03-3230-6255（編集部）
03-3230-6393（販売部）
03-3230-6080（読者係）

印刷所　図書印刷株式会社

★定価はカバーに表示してあります

造本には十分注意しておりますが、乱丁・落丁（本のページ順序の間違いや抜け落ち）の場合はお取り替え致します。購入された書店名を明記して小社読者係宛にお送り下さい。送料は小社負担でお取り替え致します。但し、古書店で購入したものについてはお取り替え出来ません。なお、本書の一部あるいは全部を無断で複写複製することは、法律で認められた場合を除き、著作権の侵害となります。また、業者など、読者本人以外による本書のデジタル化は、いかなる場合でも一切認められませんのでご注意下さい。

©RAPI 2013　Printed in Japan
ISBN 978-4-08-660079-8 C0193

E★エブリスタ
estar.jp

No.1　電子書籍アプリ※
「E★エブリスタ」(呼称：エブリスタ)は、小説・コミックが読み放題の日本最大級の小説・コミック投稿コミュニティです。

※2013年4月現在Google Play「書籍&文献」
無料アプリランキングで第1位

E★エブリスタ3つのポイント

1. 小説・コミックなど200万以上の投稿作品が無料で読み放題！
2. 書籍化作品も続々登場中！話題の作品をどこよりも早く読める！
3. あなたも気軽に投稿できる！

E★エブリスタは携帯電話・スマートフォン・PCからご利用頂けます。
有料コンテンツはドコモの携帯電話・スマートフォンからご覧ください。

『最強彼氏様』
原作もE★エブリスタで読めます!

◆小説・コミック投稿コミュニティ「E★エブリスタ」
(携帯電話・スマートフォン・PCから)
http://estar.jp
携帯・スマートフォンから簡単アクセス!

スマートフォン向け「E★エブリスタ」アプリ

ドコモ dメニュー⇒サービス一覧⇒楽しむ⇒E★エブリスタ
Google Play⇒書籍&文献⇒書籍・コミックE★エブリスタ
iPhone App Store⇒検索「エブリスタ」⇒書籍・コミックE★エブリスタ

※E★エブリスタは株式会社エブリスタが運営する小説・コミック投稿コミュニティです。